KB180289

홈
인
홈

불안과 걱정은 들어올 수 없는
내 마음속 집

홈 間 홈

글 태수

FIKA

차례

Rebuilding
짓는 것의 반은 부수는 거야

Pillar
마음에도 기둥이 필요해

Brick
인생은 결국 벽돌 쌓기

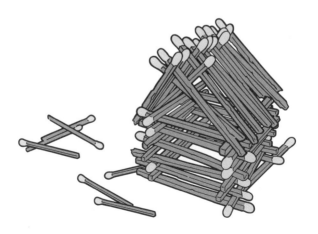

✳

이 책은 당신을 위해 만들어졌습니다.

다른 사람에 의해 쓰였지만 완성하는 건 결국 당신이죠.

✳

이 책은 단순히 읽는 책이 아닙니다.

읽는 것만으로 끝난다면 당신은 반만 즐긴 사람이 될 거예요. 분명.

이해가 잘 안 된다고요?

읽어보면 압니다. ☺

마음에도
재건축이 필요한가요?

한참을 못 잤다. 아니다. 잤는데 자지 않았다고 느끼는 건지도 모른다. 자려고 누우면 심장이 두근거려 잘 수가 없었다. 커피는 마시지 않았는데. 머릿속에는 버리지 못한 생각들로 가득했다. 내일은 또 월요일이네. 아빠 생신 용돈으로 30만 원은 드려야겠지. 한 것도 없는데 왜 벌써 서른이냐. 이러다 금방 늙겠지. 불평은 꼬리에 꼬리를 물고 나아가 기어코 잠 기운을 몰아냈다. 그러다 보면 알람이 울렸다. 7시 30분이었다. 5분만. 진짜 5분만 더. 몽롱해진 머리통은 양심도 없는지 그제야 더 자게 해달라고 졸라댔다. 일어나 있는 내내 졸음이 쏟아지는데 정작 집에 가 누우면 잠이 깨는 일상이라니. 누가 봐도 알 수 있었다. 내 인생은 고장 났다.

어린 시절 할아버지에게 혼쭐난 날이면 장롱 속에 들어가 분을 삭였다. '나는 주워 온 자식인 게 분명해' '내가 죽어야 내 소중함을 알지'. 억울한 마음에 치솟은 분노는 장롱 속 차가워진 이불 위에 누워 있다 보면 거짓말처럼 식었다. 스르륵 잠이 들라치면 할머니가 문을 열고 말했다. "밥 먹어라." 분노는 달아나고 없었다. 버린 지 20년도 넘게 지난 장롱과 이불이 그리워지는 이유다. 지금 나에게도 그런 공간이 필요하다. 집이 정말로 쉬는 공간이라면 나에게는 또 하나의 집이 필요했다. 조금 더 정확히 말하자면 마음의 집이. 조용히 듣고 있던 친구는 말했다. "취했어?" 그때쯤 집 앞에선 재건축 공사가 한창이었다.

인터넷으로 검색해보니 보통 30년을 기점으로 건물의 재건축 논의가 진행된다고 한다. 집 앞의 빌라 단지는 지은 지 40년도 훌쩍 넘었으니 상당히 오래 끈 축이었다. 부수는 건 그만큼 오래 걸리지 않았지만. 재건축을 시작한 지 3개월, 어느새 반쪽이 된 빌라 한 동을 보며 이런 생각을 했다. '그러고 보니 나도 재건축할 때네…' 서른셋. 집 앞 빌라에 비하면 꽤나 일렀지만 낡고 깨진 정도로만 치면 내 마음도 부끄럽지 않을 만큼 처참했다. 이쯤 되니 결심이 하나 섰다. 밑져야 본전 아닌가. 그래, 나도 내 마음을 재건축해보기로 했다.

그러니 이제부터 시작할 이야기는 미안하게도 누군가의 마음을 치유하기 위한 것이 아니라 오히려 깨부수기 위한 이야기라고 할 수 있겠다. "집 짓는 것의 반은 부수는 거야." 공사일을 하는 친구의 말처럼 무언가를 개선하기 위해선 때때로 남김없이 부숴야 할 때도 있으니까.

당신도 함께할 생각이라면 적어보자.

당신의 마음 재건축이 시작된 날은?

년   월   일

미완성된 가이드북

혹시나 걱정하고 있을 누군가를 위해 말하자면 마음의 집을 짓는 데 돈은 필요하지 않다. 땅도 필요 없고 누군가를 고용할 필요도 없다. 그런데 그래서 더 문제다. 마음의 집은 오롯이 혼자서 지어야만 했다. 돈이 있거나 땅이 있다고 누가 대신 지어줄 수 있는 종류의 집이 아니라는 것. DIY(Do It Yourself)로 지어야 하는 집이라니, 거참 난감한 깨달음이다. 그러니 부디 이것만은 양해를 부탁한다. 내 입장에서도 완벽한 가이드를 줄 수가 없다는 것 말이다. 당신의 집은 결국 당신이 완성해야 하니까.

다행인 것은 마음의 집도 결국은 집이기에 보통의 경우와 크게 다르지 않을 것이다.

첫째, 무언가를 짓기 위해서는 반드시 무언가를 부숴야 한다.

둘째, 무너지지 않기 위해 필요한 건 기둥이다. 그것도 단단한 기둥.

셋째, 집을 완성시키는 건 결국 작은 벽돌이다.

재건축은 매우 느리고 천천히 진행되는 작업이다. 빠르게 올린 집은 그만큼 또 빠르게 무너진다. 다시 말해 이 책 역시 느리게 읽어야만 한다는 소리다.

준비가 되었다면 이제 다음 장으로 넘어가보자.

짓는 것의 반은
부수는 거야

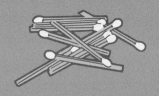

열심히 채워낸 사람일수록 부숴야 할 것도 많다.
관계, 일상, 주관, 자존심….

내가 부숴야 할 것 그리고 비워야 할 것은 무엇일까?

빼 기 × 빼 기
= 더 하 기

매주 월요일 저녁 8시, 수영 강습 날이면 알람같이 터지는 말이 하나 있다. "회원님, 힘 빼세요. 힘!" 세상에 힘 빼는 것만큼 쉬운 일이 어디 있겠냐마는 신기하게도 수영에서만큼은 사정이 다르다. 어깨에 힘을 빼면 목으로, 목에 힘을 빼면 허리로, 허리에 힘을 빼면 다리로. 힘은 자신의 위치만 바꿔갈 뿐 지치지도 않고 온몸 구석구석을 옮겨 다닌다. 그러니 나 같은 사람에겐 자유형조차 버겁다. 애초에 팔다리를 젓는 이유가 '기록을 줄이겠어'와 같은 우아한 자유의지가 아닌 '안 저으면 죽는다' 같은 생의 의지에 가깝기 때문에.

수영 강습은 기본적으로 팀 단위다. 초급반, 중급반, 고급반, 연수반으로 실력에 맞춰 팀을 나눈 뒤 약 10명 정도가 함께 모여 수업을 받는다. 즉, 한 사람만 뒤처져도 모두가 피해를 볼 수 있는 구조라는 것. 물론 그 주인공은 나다. 그래서일까. 선생님은 짐짓 마음의 결정을 내린 듯한 얼굴로 다가와 말했다. "보통은 이렇게까지 말하진 않는데요…" 평소답지 않게 뜸 들이는 모습에 기억하기 싫은 단어가 하나 떠올랐다. '물 관리'. 그렇다. 사실 단어의 뜻만 보자면 수영장은 그 어떤 곳보다 물관리를 잘해야 하는 곳이었다. 이해했다. 매번 수업에 민폐를 끼치는 나 같은 학생은 선생님에게도 같은 반 원생들에게도, 그리고 나에게도 처리해야 할 관리 대상이었다. 쉽지 않은 이야기인 만큼 선생님은 오래도록 마음을 잡수셨다. 그리고 입을 뗐다. "저… 힘을 뺄 수 없으면 힘이 빠질 때까지 수영을 해보는 건 어떨까요? 그러니까 힘을 줄래야 줄 수가 없을 때까지 수영을 해보는 거죠." 죽으라는 말을 예쁘게 표현한 건가? 예상치도 못한 조언에 잠시 멍해졌지만, 곰곰이 씹어보니 응당 합리적인 제안이었다. 그래, 힘을 뺄 수 없으면 힘이 빠질 때까지 하면 된다. 좋다. 해보자. 근데 오늘은 말고.

그로부터 3일 뒤, 운영 시간 중 가장 한적한 저녁 9시. 마음속으로 결연한 의지를 다잡고 물속으로 들어갔다. 평소보다 꼼꼼히 스트레칭하고 몸풀기로 25m 킥 판 킥을 왕복했다. 그러곤 그야말로 힘 수영을 보여줬다. '차라리 죽자'라는 생각이 들 때까지 팔다리를 몰아붙였다. 그건 수영이라고 볼 수 없었다. 수투(水鬪), 그 정도가 적합할 것이다. 물미역이 된 것은 그로부터 10분 뒤의 일이었다. 선생님의 말씀대로 힘을 줄래야 줄 수가 없는 경지. 이제 마지막이었다. 나는 가라앉으면 관둔다는 생각으로 물 위로 몸을 과감하게 던졌다. 그리고 거짓말처럼 머리부터 다리까지 일자로 물 위에 둥둥 떴다. 기분 좋은 감각이었다.

집으로 돌아가는 버스 안, 우연히 옛 회사 선배님이 해준 말이 떠올랐다. "태수야, 너는 무슨 일이든 너무 노력해. 열심히 하는 건 좋은데 지나치게 과하니까 억지스러워져." 나머지 일을 처리하기 위해 밤을 새우던 나에게 해준 조언이었다. 어쩌면 나는 수영을 하듯 인생을 살아왔는지도 모른다. 그저 다른 원생들에게 뒤처지지 않기 위해, 숨을 쉬고 살아남기만 하면 되는 듯 악착같이 팔다리를 구르면서 말이다. 그래서 잘하지도 못하는 수영이 이리도 좋았던 것은 아닐까. 대학, 취업, 승진, 결혼. 매 순간이 경쟁이었던 내 삶에서 유일하게 합법적으로 힘을 빼라고 말해주는 시간이었으니까.

수영 선생님의 말에 따르면 장거리 수영과 단거리 수영 영법에는 조금 차이가 있다고 한다. 500m, 1,000m, 1,500m… 레이스가 길어질수록 점점 더 힘을 빼고 저항을 덜 받으며 헤엄치는 기술이 필요한 것이다. 삶도 비슷하지 않을까. 끝내고 싶어도 끝낼 수 없는 이 경주를 보다 기술적으로 진행하기 위해 우리는 좀 더 힘을 빼야 한다. 억지스러운 발버둥을 줄이고 편안하게 떠 있는 시간을 늘려야 한다. 그런 의미에서 오늘도 악착같이 팔을 저으며 인생을 살고 있을 당신에게 전국 수영 선생님들을 대신해 말해주고 싶다.

"회원님, 힘 빼세요. 힘!"

그저 편안해지기 위해서가 아니라 삶이라는 레이스를 조금이라도 더 안정적이고 기술적으로 완주하길 바라는 마음으로.

1

Rebuilding

이제 시작입니다. 다만 그 전에 힘 좀 빼고 시작할까요.

편해지기 위해서가 아니라

앞으로 일어날 일들을 더 잘 해내기 위해서요.

심호흡이든 명상이든 뭐든 좋아요.

어깨와 목과 허리와 마음과 머리.

모든 곳에 필요 이상으로 들어간 힘 좀 빼봅시다.

그리고 준비가 되었을 때

다음 장으로 넘어가봅시다.

나 는   어 제   내 가
스 마 트 폰 으 로   한   일 을
알 고   있 다

6시간 43분. 지난 4월 22일 내 스마트폰 스크린 타임에 찍힌 숫자였다. 디지털 디톡스란 말이 화두가 된 지도 벌써 10년인데, 어찌 된 일인지 내 스마트폰 사용 시간은 지치지도 않고 우상향하고 있다. 올라가라는 주식은 안 올라가고 스마트폰 사용 시간만 올라가니 이것 참 미칠 노릇이다. 하루 24시간 중 내가 깨어 있는 시간은 평균 16시간. 나란 놈은 뭣하는 놈이길래 일상생활의 절반가량을 스마트폰에 쓰는 걸까. 당최 알 수가 없는 일이었다.

스마트폰에서 벗어나고 싶은 이유는 하나다. 부정적인 생각에서 벗어나고 싶다. 유튜브, 페이스북, 인스타그램, 커뮤

니티 등등. 온갖 곳에서 들려오는 소식에 화를 내고 누군가를 혐오하는 데 이젠 정말 지쳤다. 하루는 "자가격리 수칙을 위반하고 몰래 도망친 40대 남성"이라는 기사를 읽었는데, 사람이 사람을 그렇게까지 미워할 수 있다는 걸 오랜만에 다시 깨달았다. 해당 뉴스가 가짜였다는 사실이 밝혀진 것은 그로부터 며칠 뒤였다. 누구도 관심 없는 정정 기사였다. 가짜 뉴스의 전파 속도가 진짜 뉴스의 6배에 달한다는 아랄 교수의 연구는 사실이었나 보다. 어쩌면 6배보다 더 빨랐는지도 모르고. 그때쯤 나는 내가 스마트폰으로 무엇을 하고 있었는지 깨닫게 되었다. 나는 놀아나고 있었다. 조회 수가 돈인 기자들과 사람들의 관심이 절실한 삐뚤어진 유튜버들에게.

　물론 스마트폰을 쓰는 내내 부정적인 일만 있었던 것은 아니다. 스마트폰 덕분에 재해 같은 위중한 소식들도 바로바로 알 수 있었고, 언제든 필요한 것을 사고 실시간으로 수준 높은 콘텐츠들도 볼 수 있었다. 다만 묘하게 끝맛이 씁쓸했다. 어느 마케터의 말마따나 분노는 돈이 돼서인지 스마트폰을 덮은 후 돌아오는 감정은 대부분 분노와 혐오로 점철됐다. 쉬고 싶어서 스마트폰을 했는데 오히려 스마트폰을 하면 더 쉬어야 했다. 알고리즘이 화를 내라고 하면 화를 내고 울라고 하면 울고. 나는 감정의 주도권을 잃어버린 로봇처럼 시키는 대로 생각하고 느꼈다. 까맣게 꺼진 화면 위로 비친 내 표정은 도저히 쉰 사람의 얼굴이라고는 보기 힘들었다. 인스타그램과 페이스북을 삭제한 이유였다.

　"다리 좀 그만 떨어!" 인스타그램과 페이스북을 삭제한 지 3일째 되던 날, 내 다리는 더 이상 내 통제를 따르지 않았다. 먹통이 된 마사지 건처럼 시도 때도 없이 부르르하고 떨렸다. 덤으로 가슴도 이유 없이 두근댔다. 아내는 결국 보다 못해 말한 것이다. 그럴 거면 차라리 다시 하라고. 그럴 수는 없었다. 어떻게 가진 결심인데. 나는 빼쭉한 입을 들고 조용히 방에 들어갔다. 그리고 외쳤다. "이너 피스." 영화 〈쿵푸팬더〉에서 배운 주문이었다. 주문의 약발이 먹혀 들어선 것은 그로부터 5일이 지난 시점. 차츰 심장의 두근거림이 가라앉더니 다리도 제자리를 찾아갔다. 어처구니없게 들릴지도 모르지만 그즈음부터는 스마트폰 없이도 양치질하고 샤워도 했다. 씻을 때 함께 볼 영상을 고르느라 10분을 넘게 소모했던 지난날과 비교해보면 그야말로 장족의 발전이었다. 이제

드디어 마지막 단계였다. 오늘 나는 마지막으로 유튜브를 삭제했다.

사자성어 식자우환(識字憂患)은 글자를 너무 많이 알면 되레 걱정이 는다는 의미를 가진 단어다. 1,700년 전 《삼국지》에서 비롯된 이 말은 어쩐지 요즘 우리에게 더 잘 어울리는 것 같다. 우린 너무 많이 보고 너무 많이 듣는다. 그리고 너무 많은 분노와 걱정에 시달린다. 최근에 일어난 강력 사건은 무엇이고 연예계 가십은 어떻고 유튜브 이슈는 무엇인지. 내 인생에서 딱히 중요하지 않은 일들에 몰입하느라 정작 가장 중요한 것을 빼앗긴다. 내 감정에 대한 주도권이다.

SNS를 모두 삭제한 지 어언 다섯 달이 지났다. 여전히 내 스마트폰 스크린 타임에는 2시간 41분이란 숫자가 적혀 있다. 그러나 이제 나는 내가 스마트폰으로 무엇을 하고 있는지 안다. 대중교통을 탈 때 음악을 듣고, 내일 날씨가 어떤지 확인하고, 때때로 떠오르는 것을 메모장에 적는다. 그러고도 시간이 남는다면? 미뤄두었던 잠을 잔다. 가끔은 먹고 싶은 요리를 하기도 하고 말이다. 공백 없이 빽빽했던 내 일상에 작지만 단단한 여백들이 자리 잡았다. 고작 스마트폰 하나 놓았을 뿐인데.

　물론 가끔은 지구 반대편의 스타가 어떤 사고를 쳤고, 비트코인으로 누가 대박이 났는지 궁금해지기도 한다. 나만 모르는 사실이 존재한다는 거, 그거 참 불쾌한 일이기 때문이다. 그럴 때면 부리나케 속으로 외친다. "이너 피스." 심장은 다시 가라앉고 속은 편해진다. 요즘같이 기술적인 세상에서 내가 내 감정의 주도권을 지키기 위해 해야 할 일은 더 많이 아는 것도, 아예 모르는 것도 아닌 딱 필요한 일만 아는 것이라는 걸 이젠 안다.

내가 어제 스마트폰으로 한 일을 알고 있나요?

그중 그만두고 싶은 일은요?

모른다면 차근히 목록을 적고 줄여봅시다.

내 감정의 주도권을 지키기 위해서요.

세 상 에 서   가 장   슬 픈
신 조 어

최근 생긴 신조어 중 가장 씁쓸한 단어는 아마 '쉼포족'일 것이다. 포기하고 또 포기하다 못해 쉬는 것까지 포기한다는 이 단어는 평범한 사람들의 일상이 어디까지 내몰렸는지를 잘 보여준다. 이유란 이렇다. "나중에." "일단 이것까지는 끝내고." 많은 사람들에게 휴식이란 보상이다. 그래서 무언가를 끝내기나 이루지 않는 이상 휴식을 가지려야 가질 수가 없다. 지금의 나는 쉴 자격이 없으니까. 아이러니한 것은 정말 무언가를 끝내고 쉴 타이밍이 왔을 때조차 이렇게 말한다는 것이다. "진짜, 진짜 이것까지만 끝내고." 휴식은 더 이상 미룰 수 없을 때까지 밀리게 된다.

재작년 변호사 시험에 합격한 친구 S는 전형적인 쉼포족이다. S에겐 이유가 많았다. 남보다 늦은 대학 입학도 이유였고 한참이 쌓여버린 학자금 대출도 이유였다. 거기다 일찍이 가장까지 되어야 했으니 S에게 휴식이란 전형적인 사치품에 가까웠다. 결국 S는 바라던 서울대에 입학하여 변호사가 되었음에도 쉴 틈 없이 노력해야 했다. 공무원 시험을 준비하는 동생의 생활비와 대장암 수술 후 거동이 불편하신 아버지의 자동차 할부비는 S의 마이너스 통장에서 빠져나가고 있었다. 버거워도 어쩔 수가 없었다. S는 동생이 자신처럼 공부하지 않기를 바랐다. 시간이 지나 차츰 숨통이 트일 때쯤 S의 여자 친구는 결혼 이야기를 꺼냈다. 집값은 3년 전의 2배가 되어 있었다. 그날 S는 배민 라이더를 뛰고 집에 돌아와 새벽 4시까지 고소장을 썼다. 그러곤 다음 날 7시에 나와 함께 서초 대법원으로 향하며 말했다. "도대체 나는 언제까지 노력해야 되는 건지 모르겠다."

S에게 있어 쉼은 멈춤을 넘어 뒤처짐에 가까웠다. 자는 시간을 제외하고 휴식을 취할 때면 언제나 머릿속에 한 가지 불안이 차올랐다. 지금 이러고 있을 때가 아닌데. 이게 S만의

현실은 아닐 거다. 요즘 시대를 살고 있는 우리 모두가 정도는 다를지언정 비슷한 감정을 공유하며 살고 있을 거다. 그러니 쉼포족이라는 신조어가 만들어졌을 테지. 하지만 그토록 열정적으로 쉼을 포기해온 사람들이라면 오히려 더 잘 알고 있다. 슬프게도 쉬어야 할 때 쉬지 않으면 정작 일해야 할 때 쉬게 된다는 걸. S도 마찬가지였다. 대법원에서 일을 끝내고 집에 돌아온 날, S는 바로 쓰러져 잠이 들었다. 이제 갓 오후 4시가 넘은 시각, S는 약속한 미팅을 모두 미뤄야 했다.

TV에서 레이싱 경기를 보다 보면 재미 있는 순간을 발견할 때가 있다. 피트 스톱. 말 그대로 멈추는 시간이다. 약 3초 정도의 짧은 시간 동안 레이싱 크루들은 마모된 타이어를 갈고 떨어진 기름을 채운다. 그 순간 모든 크루의 관심사는 하나라고 한다. 어떻게 하면 더 효율적으로 멈출 수 있을까. 그 안에 멈추지 않는다는 선택지는 없다. 달리라고 만든 자동차조차 쉼 없이 달릴 수 없는 시대, 우리에게 필요한 고민 역시 마찬가지 아닐까. "멈추지 않는 차는 이길 수 없어요. 이기는 건 효율적으로 멈추는 차입니다." 레이싱 크루의 말은 단순히 레이싱에만 적용되는 것은 아닐 거다.

3

Rebuilding

휴식은 결과에 대한 보상이 아니라

더 나은 결과를 내기 위한 과정에 가깝다는 말 아니요?

동의한다면 정해봅시다.

"나, 이럴 땐 꼭 쉬어야 한다!"

객 관 식 은 정 답 을 몰 라 도
맞 힐 수 있 지

아버지는 올해로 30년 통밥의 관광버스 운전기사다. 웬만한 관광지는 내비게이션의 도움 없이 도착할 만큼 길눈에는 도가 튼 분이다. 누나는 또 어떻고. 한 번 간 길은 단속 카메라의 위치까지도 외울 정도다. 그야말로 청출어람이 따로 없다. 그런데 난 왜 이럴까? 오직 내 피에만 길눈 DNA가 누락된 것인지 22년을 살던 동네를 찾아갈 때조차 지도 앱을 켜야 한다. 길치라는 말로는 조금 부족하다. 요즘 말로 킹치. 그래, 그 정도가 적절할 것이다.

2011년은 내 생애 있어 가장 다이내믹했던 해라 할 수 있다. 전년도 말 의경으로 입대해 찐한 악·폐습을 겪기도 했고,

"네 위로 내 밑으로 다 불러와"라는 유서 깊은 명대사를 실제로 듣기도 해봤다. 또 근무는 어찌나 다양한지, 지역 방범 근무부터 시위 진압, 교통정리와 음주 운전 단속까지 전국 방방곡곡을 돌아다니며 근무했다. 그날도 다르지 않았다. 그날은 처음으로 타 지역 교통사고 방지 근무를 하게 된 날이었다. 5인 1조로 지구대에 배정된 우리는 각각 교통사고 우발 지역으로 배치되었다. 최고참 선임은 나를 근무지로 데려다 준 뒤 말했다. "이따 혼자 올 수 있지?" 불안했지만 답했다. "…예, 그렇습니다!" 사실은 "녜니요"라고 말하고 싶었는데 선임은 번복할 기회조차 주지 않고 발걸음을 돌렸다. 본능적으로 알 수 있었다. 무언가 잘못되어가고 있었다.

'여기쯤 롯데마트가 나와야 하는데;;' 복귀 시간이 15분 남았을 때쯤부터 내 심장은 사람의 속도로 뛰지 않았다. 혹한이었음에도 정수리에서는 홍수가 터진 지 오래였다. 의경에게 복귀 시간 엄수란 기본 중의 기본이었다. 다시 말해 전대미문의 폭탄이 터지기까지 약 15분 남았다는 소리. 거의 다 왔다는 것은 본능적으로 알 수 있었다. 어렴풋하지만 주변 건물들이 익숙했다. 다만 발이 떨어지지 않았다. 한 발짝만 잘 못 디뎌도 돌이킬 수 없는 강을 건널 것 같아서 앞으로 갔다 뒤로 갔다만 반복하며 긁적긁적댔다. 천치 같은 모습이었다.

그때 앞에서 20대 여성으로 보이는 두 분이 다가오고 있었다. 편안한 추리닝 복장으로 보아 틀림없이 이 지역 주민들 같았다. 10m 전. 5m 전. 2m 전. 에라, 모르겠다. 나는 두 분을 멈춰 세우고 물었다. "저 잠시만요." 두 분은 바짝 긴장하며 멈춰 섰다. 집에 가는 길에 난데없이 경찰이 붙잡아 세웠으니 나라도 놀랐을 것이다. 모두가 숨죽이는 상황, 나는 짐짓 엄중한 표정으로 물었다. "저 죄송한데요… 여기 경찰서로 가려면 어떻게 가야 돼요?" 그날 내 왼쪽 가슴에 붙어 있는 큼지막한 경찰 패치는 서럽게도 야광이었다. 그랬다. 경찰은 경찰서가 어디냐고 묻고 있었다.

사람은 낯선 것을 보면 본능적으로 멈추게 된다고 한다. 생전 처음 보는 상황에 대한 정보를 뇌가 처리하기 위해 일정 수준의 시간이 필요한 것이다. 그때 두 분이 그랬다. 두 분은 '실화냐?'라는 표정과 함께 멈춰 서 있었다. 물론 나도 멈춰 있었다. 10분 같던 10초의 대치 상황 끝에 한 분이 입을 열었다. "그냥 한 5분? 저희가 온 길로 쭉 가시면 돼요." 두 분은 웃었다. 소리는 정확히 들리지 않았지만 분명히, 분명히 웃었다. 하, 그냥 물어보지 말걸… 50m만 더 가볼걸. 하지만 길치란 괜히 길치가 아니다. 목적지를 코앞에 두고서도 길을 잃을 수 있으니 길치인 것이다. 해당 사건은 나에게 있어 어떠한 판결을 내렸다. 내가 길치 중의 길치, 킹치라는 판결. 탕탕탕! 귓속에선 의사봉이 내리쳤다.

혹자들은 말한다. 삶이란 결국 선택과 집중이라고. 제한된 시간 안에 보다 나은 삶을 살기 위해서는 내가 잘하는 것이 무엇이고, 포기해야 하는 것은 무엇인지 빠르게 판단해야 한다고. 인정하기 싫지만 길눈이란 나에게 그런 것이다. 아무리 잘하고 싶어도 포기해야만 하는 것. 아니, 포기할 수밖에 없는 것. 하지만 인생이 정말 선택과 집중이라면 포기하는 것이 결코 슬프기만 한 일은 아닐 것이다. 오답을 지워가며 정답에 가까워지는 객관식 시험처럼 우린 부족한 능력을 포기해가며 오히려 잘하는 것에 더 가까워질 수도 있으니까.

분명 나는 길치지만 그렇기에 같이 길을 걷는 사람들을

즐겁게 만들 수 있다. 그건 내가 잘하는 일이었다. 가는 길에 들을 좋은 음악을 선택하고, 뭘 먹을지 미리 정해 함께하는 여정이 더욱 편안해질 수 있도록 도움을 준다. 그러니 이렇게 생각하기로 했다. 삶이란 여정에서 우린 때때로 길을 포기해야만 더 나은 길로 갈 수 있다. 삶이란 정답을 몰라도 정답을 맞힐 수 있는 시험이니까. 우린 오답을 지워가며 정답에 가까워지기도 하니까.

4

Rebuilding

잘하고 싶지만 잘할 수 없는 것들이 있나요?

그중 포기해야만 하는 것은 무엇인가요?

포기하지 못한 인생의 오답 하나를 지워봅시다.

그 순간 그건 포기가 아닌 선택이 되니까요.

오래된 연필 자국을
지우는 방법

기억 속 그때는 초등학교 3학년 체육대회였다. 하얀 장갑과 청바지를 입고 연습한 단체 무용을 끝낸 점심시간. 양손에 도시락을 싸 들고 올 엄마, 아빠, 이모, 고모, 삼촌을 기다리는 시간이었다. 상신이네 가족은 고소하게 잘 말린 김밥을 싸왔다. 명호네는 잘 구워진 불고기가 메뉴였다. 친구들은 한 명, 두 명 이인삼각 달리기를 하듯 아빠, 엄마의 손을 잡고 스탠드 위로 올라갔다. 내 옆에는 몇 명이 남지 않았다. 초조했다. 내 차례가 안 올 것 같아서. 손바닥이 땀으로 축축이 젖어갈 때쯤 옆에 있던 친구가 말했다. "야, 저기 너네 할머니 아니야?" 맞았다. 우리 할머니였다. 엄마가 아닌 할머니. 할머니는 지금은 사라진 프랜차이즈 피자와 치킨

박스를 들고 손을 흔들며 다가오고 있었다. 눈치 없는 진호가 물었다. "야, 너는 왜 엄마가 안 오고 할머니가 왔어?" 순간 귓불이 잘 익은 토마토처럼 새빨개졌다. 반갑게 인사하는 할머니를 뒤로하고 나도 모르게 답했다. "아… 엄마는 바빠서…"할머니는 쓰게 웃었다.

사실 그 뒤로 무슨 말을 했는지 잘 기억나지 않는다. 분명 적지 않은 말들이 오갔던 것 같은데 기억나는 것이라곤 점심시간이 채 끝나기 전에 할머니가 자리에서 일어났다는 사실뿐이었다. "할머니는 안 먹어?"라는 내 말에 "할머니는 이런 거 들 좋아해. 얼른 집 가서 된장에 밥 비벼 먹어야지"라고 할머니는 답했다. 그때 할머니의 나이가 일흔이었다. 열 살짜리 아이가 풀풀 풍기는 냄새 나는 눈치를 모를 리 없었던 것이다. 일어나려는 할머니를 잡지 않았다. 아니다. 어쩌면 더일찍 가길 바랐는지도 모른다. 한시라도 빨리 이 상황을 벗어나고 싶었다. 우릴 구경하듯 보는 친구들의 시선에서, 그리고 "엄마 없는 애래요~"라고 놀림받을까 걱정하는 내 안의 냄새 나는 열등감에서. 조금의 시간이 더 흐른 뒤 할머니는 연륜 있게 입꼬리를 올렸다. 그러곤 인사했다. "내 새끼, 잘하고

와." 그날 나는 후회가 뭔지 알게 되었다.

실은 그 뒤로도 몇 순간이나 더 길에서 고물을 줍는 할머니를 모른 척했다. 또 그보다 더 많은 순간 할머니가 나한테 해준 게 뭐냐며 소리치기도 했다. 그래도 때때로 버려진 철근을 주워 가 할머니의 보탬이 되려 노력했다. 느리지만 하나둘 친구들에게도 우리 엄마와 아빠는 이혼했고, 나는 할머니 밑에서 자랐다고 스스럼없이 이야기도 하게 되었다. 그렇게 나는 20년에 걸쳐 천천히 할머니에 대한 미안함과 고마움을 찔끔찔끔 갚아 나갔다. 그리고 결국 이만큼의 시간이 지나서야 이 말을 전한다.

우리 할머니는 엄마 없는 나를 키우기 위해 일흔이 넘는 나이에 다시 엄마가 되셨다. 부도 맞은 아빠를 대신해 고물을 주워 돈을 모으셨고 그 돈으로 손주의 급식비와 학용품 비를 내주셨다. 그러다 내 표정이 별로인 날이면 어김없이 물어봐 주셨다. "태수, 뭔 일 있니?" 그 말이 참 싫으면서도 좋았다. 할머니의 말마따나 나를 특별히 애껴주는 것 같아서. 그런데도 나는 "내 인생에서 가장 멋진 어른은 할머니야"라는 말을 자랑스럽게 하기까지 참 오랜 시간이 걸렸다. 자랑스러운 부모란 결코 겉으로만 보이는 것이 아닌데. 그때의 나는 어지간히도 철이 없었다.

삶에는 후회라는 이름으로 새겨지는 나이테가 너무 많다. "그때 조금 더 잘할걸" "그 말 하지 말걸" 하고 뉘우치기엔 이미 늦어버린 야속한 순간들이 말이다. 그 순간들 앞에서 나는 언제나 머리털을 쥐어뜯고 이불을 세게 차며 스스로를 다그쳤지만 이제는 그러고 싶지 않다. 오래된 연필 자국처럼 지우개로 지워도 잘 지워지지 않는 후회의 자국들을 조금이나마 더 즐거운 기억으로 덮어쓰고 싶다. 자주자주 할머니의 집을 찾아가 함께 밥을 먹고 언제 이렇게 컸냐는 생각이 들 만큼 철 있는 이야기를 나누고 싶다. 오래전 낡은 색으로 그려진 할머니의 나이테가 다시금 이쁜 색으로 덮일 수 있도록, 오늘도 내일도 모레도 할머니에게 찾아가 말하고 싶다.

"할머니 나 왔어."

5

Rebuilding

후회를 없애는 방법에도 여러 가지가 있습니다.

오늘은 지나간 후회를 덮기 위한 일들을

계획해보면 어떨까요?

별거 아닌 일일수록 좋아요.

더 자주 할 수 있으니까요.

술과 열등감의
공통점

세상에서 가장 부러운 사람은 누구일까? 돈 많은 사람, 친구 많은 사람, 행복한 가정에서 태어난 사람, 긍정적인 사람, 운 좋은 사람, 능력 있는 사람. 답은 대답하는 사람의 수만큼이나 많이 있을 테지만 나는 이렇게 답하고 싶다. 질투가 없는 사람. 나는 질투가 없는 사람이 부럽다. 친한 친구의 성공에까지 열등감을 느끼지 않고 진심으로 축하해 줄 수 있는, 그런 사람 말이다.

요즘 말 중 취시오패스라는 말이 있다. 취업과 소시오패스의 합성어로 주변 사람들의 취업 실패에 은근한 안도감을 느끼는 취준생들을 말한다. 고백하자면 내가 그랬다. 스물여섯 취준생 시절, 친구의 합격 소식을 들을 때면 발끝부터 차오르는 열등감에 두 시간은 아무것도 하지 못했다. '왜 나만…' '어떻게 쟤가…' 나는 부당한 카드를 받은 운동선수처럼 끊임없이 판정에 항의했다. 당연하게도 항의를 받아주는 사람은 없었다. 홀로 도서관에 앉아 존재하지도 않는 심판에게 왜 이렇게 인생은 불공평한 것이냐며 따져댔지만 변한 것은 흘러간 시간밖에 없었다. 그때 나를 안정시킬 수 있는 주문은 이것밖에 없었다. '취업만 되면 다 괜찮아질 거야.' 그렇게 시간은 흘러 스물아홉의 직장인이 된 시점, 나는 나보다 더 좋은 대접을 받는 동료를 보며 생각했다. '왜 쟤만…'

취업 후에는 연봉 때문에, 결혼 후에는 집 때문에. 주변을 향한 열등감은 나이를 먹지도 않는지 시간이 지날수록 오히려 더 커져만 갔다. 어느 날은 동년배 연예인이 건물을 매입했다는 소식에 자괴감에 빠져 있는 나를 보고 친구들이 말했다. "야, 네가 뭔데. 네가 뭔데 쟤네랑 경쟁하냐." 안다. 잘나가는 연예인과 스스로를 비교하며 자괴감에 빠지는 것이 얼마나 어이없는 행동인지. 하지만 알다시피 유독 내 마음만은 내 마음대로 할 수가 없는 법이다. 나도 내 열등감을 어찌할 수가 없었다.

심리학자들의 말에 따르면 적당한 열등감은 오히려 인생
에 도움이 된다고 한다. 열등감이란 말 그대로 내가 남보다
부족하다는 자각이기에 나를 더 노력하게 만든다는 것이다.
중요한 것은 '적당할' 때만. 적당할 땐 삶의 동력이 되던 열등
감이 과해지는 순간부터는 노력을 멈추게 만든다. '어차피 해
도 안 돼' 노력의 이유를 상실시키는 것이다. 그때마다 "당신
은 당신일 뿐이에요" "남과 비교하지 마세요"라는 조언을
듣기도 하지만, 알면서도 그러지 못하는 자신을 바라보며 더
무너지는 사람들을 나는 참 많이도 보았다. 나 역시도 예외는
아니었고. 아마 이런 상황이었기에 그 말이 더 큰 충격으로
다가왔던 것 같다.

"태수야, 난 네가 부럽다. 그렇잖아. 퇴사도 거침없이, 하
고 싶은 일도 거침없이. 한때는 저러다 말겠지 정신 차리겠지
했는데, 요즘은 네가 알차게 살고 있는 거 보면 솔직히 머리
가 아파. 나는 뭐하고 있나 하는 생각이 드는 거지. 그냥 어느
순간부터는 내가 초라해지더라." 안정적인 회사에 다니고 있

는 선배의 말이란 점도 놀라웠지만 무엇보다 더 놀라웠던 것은 감추고 싶은 감정에 그토록 솔직할 수 있는 용기였다. 못난 감정에 그럴듯한 이유를 붙여 합리화하는 순간부터 인생은 더 꼬인다는 것을 선배는 잘 알고 있었다. 그러니 어떠한 살도 붙이지 않고 날것의 감정을 그대로 드러냈겠지. 토해낸 감정은 더 이상 나를 괴롭힐 수 없으니까. 내가 내 열등감에 보여야 했던 태도였다.

스무 살 멋모르던 새내기 시절, 선배들이 주는 술을 곧이곧대로 마신 결말은 언제나 토악질이었다. 목까지 차오른 술은 숙취 해소제를 네댓 병 마셔도 달아나주지 않았다. 유일한 해결책은 그저 토하는 것뿐. 위액까지 다 게워내서 더 이상 나올 것도 없는 순간이 되어서야 나는 간신히 잠들 수 있었다.

그러고 보면 열등감은 술과 닮은 점이 참 많다. 적당한 선에서는 활력이 되어주지만, 도를 넘어선 순간부터는 기본적인 일조차 불가능하게 만든다는 악랄한 점이 말이다. 만약 그렇다면 이제부터 내가 해야 할 일도 비슷할 것이다. "나는 네가 부럽다." 그 한마디에 마음속 끈적한 열등감을 모두 담아 토해내는 것. 감추고 버티다 속 버리지 말고 그냥 순리대로 뱉어내고 잠자리에 드는 것. 그간 술 때문에 게워낸 것이 그토록 많은데 이걸 이제야 깨달았다니, 나는 술도 열등감도 참 늦게 배우는 사람이다. 그러니 이 이야기의 결론을 이렇게 끝내고 싶다.

옛날 옛날 열등감에 찌들어 살던 30대 불만쟁이는 결국 열등감을 물리치는 방법을 깨닫지 못했습니다. 다만 열등감에서 벗어나는 방법은 알아냈지요. 마음속으로 불같은 열등감이 치솟을 때면 불만쟁이는 크게 외쳤습니다. 아, 부럽다! 주변에 있는 모두가 들을 수 있을 만큼 아주 크게요. 그러면 신기하게도 용암처럼 뜨거웠던 열등감이 짜게 식는 것 아니겠어요. 아! 불만쟁이는 그제야 깨달았습니다. 세상에는 토해내지 않으면 사라지지 않는 감정도 많다는 것을요.

6

Rebuilding

내 속을 다 태우는 감정이 있나요?

열등감이든 질투심이든 뭐든 좋아요.

있다면 이 자리에서 토해내봅시다.

아주 크게요.

후 회 는   쓰 고

포 기 는   달 다

　　　　"주량이 어떻게 되세요?"라는 질문은 생
각보다 위험하다. "5병이요?" 누군가에게는 뜻하지 않게 강
력한 권위를 내주지만, "맥주 반 캔? 귀여운 꼬마 아이구나?"
누군가에게는 거부할 수 없는 큰 굴욕을 안겨주기도 하기 때
문이다. 이 이야기를 하는 이유는 간단하다. 내가 바로 후자
의 인간이기 때문이다. 그것도 지속적으로 주량이 줄고 있는
하한가 주량의 소유자. 〈벤자민 버튼의 주량은 거꾸로 간다〉
라는 영화가 있을 리 없지만, 만약 있다면 그 주인공으로 인
천시에서는 내가 제일 적합할 것이다.

　　처음부터 이랬던 것은 아니다. 한때는 소주 한 병 반이 주

량이라 말할 만큼 적정한 주량의 소유자였다. 그런데 주량도 결국 기량인 것인지 나이가 들수록 가파른 속도로 내려앉기 시작했다. 한 병 반이 한 병이 되는 데까지 채 2년이 걸리지 않았다. 그러다 반 병이 되더니 더 속도를 붙여 맥주 한 캔으로 회귀했다. 약 7년 만에 일어난 일. 어디에 하소연조차 할 수 없는 만화적인 변화였다. 당연하게도 주변에서는 이런 사정을 봐주지 않았다. "밥 먹으러 나왔어?" "오늘은 밑장으로 집 한 채는 쌓겠다, 야." 친구들은 갖은 방법을 동원해 내 자존심을 긁어댔다. 아닌 게 아니라 그건 분명 사나이의 문제였다. 서른세 살 먹고 귀여운 꼬마 아이가 될 수는 없는 노릇 아닌가. 결국 나는 매번 살려달라는 외침과 함께 집으로 기어가게 됐다. 그럴 때마다 내가 다신 술 마시나 봐라 하고 다짐했지만, 매년 금연 다짐을 갱신하는 흡연자들처럼 나는 언제나 같은 실수를 반복했다. 그리고 그날이 도적처럼 찾아왔다.

"아저씨, 저 잠깐만요…. 저 좀 세워주세요." 그날은 유독 독한 놈들과의 술자리였다. 밑장 한 장 깔지도 못한 채 부어진 소주 두 병은 본때를 보여주겠다는 듯 식도를 부글부글 끓여댔다. 택시는 그 속도 모르고 탱크처럼 난폭하게 운행됐다. 오바이트가 올라오기 10초 전. 신호는 빨간불. "아저, 우욱!!" 나는 급히 교통 카드를 꺼내고 문을 연 뒤, 알지도 못하는 동네 하수구에 위액을 터진 댐처럼 쏟아냈다. 생지옥이란 그런 곳인 걸까. 그곳은 이승에서 먹은 것은 다 토해놓고 가야 하는 곳이었다. 가까스로 한 시간에 걸쳐 속을 게워낸 뒤 간신히 현실로 돌아왔다. 여기가 어디야. 아아, 머리 아파. 어, 나무다. 나는 한적한 편의점 앞 가로수에 잠시 자리를 잡았다. 여름밤의 열기를 가려주는 크고 실한 나무였다. 엄마 같은 나무 밑에 앉아 가방끈을 크로스로 매고 지갑과 핸드폰을 주머니에 넣어 지퍼를 단단히 잠갔다. 그리고 잤다.

타닥타닥. 타닥 타다다다다다다다다닥. 아 씨. 비. 길거리에서 비를 맞다 잠에서 깨본 적이 있나? 의외로 기분이 엄청 더럽지는 않다. 그냥 춥다. 그것도 드럽게. 엄마 같은 나무도 비는 가려줄 수 없었나 보다. 나는 뜬눈으로 택시를 잡아 다시 집으로 향했고 돌아오는 길 100번도 더 한 다짐을 101번째 했다. 내가 다시는 술 마시나 봐라. 안 마셔. 절대 안 마셔. 101번째 금주령을 내린 날이었다. 다행히도 그 결심은 진짜였다. 정확히 말하자면 반은 진짜였다.

그날을 기점으로 나는 술이랑 급격하게 멀어졌다. 마시지 않은 건 아니지만 어쩔 수 없이 마시는 날이면 맥주 한 병을 최대한으로 길게 쪼개 마셨다. 그마저도 과음하는 날이면 음주 전 상쾌환, 음주 후 컨디션을 습관처럼 찾았다. 자존심에 마신 술의 결말이 얼마나 처참한지 누구보다 처절하게 깨달았기 때문이다. "난 잘 못 마셔." 그 한마디면 됐다. 인정하면 괴롭히는 재미가 없었다. 맥주 한 캔이라는 주량을 스스로 공인한 것이다. 한 가지 다행인 것이 있다면 마지막 자존심까지는 지킬 수 있었다는 것이다.

아내는 나보다도 더 약한 주량의 소유자였다. 반 모금 모자란 한 캔. 둘이 합치면 두 캔. 무리하자면 두 캔 반이었다. 그래서 아내는 나보다 항상 더 먼저 취했다. 벌게진 얼굴과 꼬인 혀로 언제나 먼저 잠이 들었다. 그런 사정으로 우린 결혼기념일이나 크리스마스 같은 대형 이벤트 날이면 꼭 편의점에 들러 블랑 맥주 두 캔을 산다. "이거 세 캔 더 사시면 만 원인데요"라고 수십 번째 말하는 아르바이트생에게 역시나 수십 번째 "저희는 괜찮아요"라고 답하고 있다. 어차피 각자 한 캔을 마신 후면 불그레한 얼굴과 함께 마구 웃을 테니까. 고양이에게 말을 걸고 옛날 노래를 부르며 트위스트를 추게 될 테니 말이다. "남들이 보면 우습겠다. 맥주 두 캔에 맛이 가다니ㅋㅋ" 때때로 자조 섞인 농담을 꺼낼 때도 있지만 그때마다 아내는 대쪽같이 잘라 말했다. "아니야. 우린 맥주 두 캔에도 세상 즐거울 수 있는 가성비 만점의 고주망태인 거야." 묘하게 설득력 있는 논리였다. 술 마시는 게 그렇게 싫었는데, 그 순간만은 술이 즐거웠다. 남이 시켜서 하면 즐거운 것도 일이 된다는 해묵은 교훈을 서른이 넘은 지금 다시 깨달았다.

결국 맥주 두 캔에 잔뜩 취한 그날, 나는 남은 반 모금의 맥주와 자존심을 싱크대에 함께 버리며 조그맣게 말했다.

"아, 술맛 좋네."

7
Rebuilding

인생에서 버려도 되는 자존심을 적어볼까요?

표지판이 없으면
어디로 가야 할까?

나는 당신의 기분을 잡치게 만드는 방법을 알고 있다. 이 방법은 당신이 어렵게 떠올린 아이디어를 묵사발 낼 수 있으며, 오랜만에 생긴 도전 의식도 한순간에 원점으로 되돌릴 수 있다. 딱 한마디면 된다.

"그거… 안 될걸?"

첫 원고 《1cm 다이빙》을 쓰고 출판사 지인분들을 찾아갔을 때 항상 듣던 말이었다. 출판사 분들뿐만이 아니었다. 오래된 친구도, 학교 선배도, 가족도, 동료도 실은 다 비슷했다. "안 될 것 같은데…" 걱정하는 마음에 건넨 그 말은 매번 내 자신감을 많이도 앗아갔다. 누군가는 목표를 물어보기도 했다. "목표요? 책을 내는 거 자체가 목표죠." 만족스러운 대답은 아니었나 보다. 그분은 한숨을 쉬며 다시 물었다. "아니, 몇 부 정도 팔고 싶은지 대략적인 목표라도 있을 거 아니야." 진짜 없는데… 끈질긴 압박 끝에 결국 울며 겨자 먹기로 답을 꺼냈다. "올해 안에 2만 부를 팔 수 있으면 좋을 것 같긴 해요. 그럼 대출 이자는 갚으면서 생활할 수 있을 것 같거든요." 잠깐의 침묵. 그분은 구겨진 표정으로 다시 답했다. "안 될 것 같은데…" 진절머리가 난 순간이었다. 그 뒤로는 아무에게도 책 이야기를 꺼내지 않았다. 이 이상 안 된다는 소리를 들으면 정말로 무너질 것 같아서. 그렇게 두 달이 지나 결국 책은 출간되었고, 그해《1cm 다이빙》은 20만 부가 팔렸다. 한 해 뒤 다시 만난 출판사 지인분은 물었다.

　"그거… 어떻게 했어?"

　물론 조언해준 모든 분들이 정말로 나의 실패를 바랐을 거라 생각하진 않는다. 그건 그분들 나름의 애정 표현이었을 거다. 진짜 문제는 그런 말 한마디에 무너진 나의 빈약한 자신감이었을지도 모른다. 그것도 벌써 3년 전의 추억이 된 지금 다시 생각해본다. 그때 나에게 정말로 필요했던 말은 무엇이었을까. 단순히 무조건 잘될 거라는 예쁜 위로는 아니었을 거다. 들어도 믿었을 것 같지도 않고. 아마 문제가 필요하지 않았을까. 안 된다면 왜 안 되는지, 여기서 고쳐야 할 건 무엇인지, 또 어떻게 하면 될 수 있는 건지. 단순히 길이 없으니 멈추라는 결론이 아니라 직진보다는 우회전이 나을 것 같다는 의견이 필요했다. 그렇게 해서라도 믿고 싶었을 것이다. 지금 내가 하고 있는 이 일이 누가 봐도 불가능한 일은 아니라는 것을.

살다 보면 때때로 표지판이 없는 방향으로 가야 할 때가 있다. 나조차도 왜 이 길을 가려 하는지 이해가 되지 않는 순간들이 말이다. 누군가는 대입에서, 또 누군가는 취업에서, 다른 누군가는 연인 간의 관계에서 그런 순간들을 만날 거다. 아마 그때마다 우린 이러한 경고를 무수히 많이 만날 테지. "형씨! 거기로 가면 안 돼!" 가족들에게서, 친구들에게서 그리고 스스로에게서. 하지만 알다시피 삶이란 얄궂어서 안 될 걸 알면서도 우직하게 등을 떠미는 거대한 마음을 만날 때도 있는 법이다. 마치 3년 전의 내가 그랬듯 말이다.

만약 내가 다시 한번 그런 순간을 목도하게 된다면 나는 다른 조언을 할 수 있을까? 아마 아닐 것 같다. 나 역시 그때의 지인들처럼 스스로에게 혹은 타인들에게 이런 조언을 하게 될 것 같다. "그거 안 될 것 같은데…" 다만 한 가지 바람이 있다면 그 말의 결론이 …으로 끝나지는 않기를 바란다. 무너진 표정으로 돌아가려 하는 그 사람을 붙잡고 진심으로 잘됐으면 하는 마음을 담아 뒤에 덧붙이고 싶다.

"근데 이 부분을 고치면 좀 달라지지 않을까?"

그게 멈출 수 없는 마음에 우리가 해줘야 할 일일 테니까.

8

Rebuilding

나를 무너뜨리는 것도 말이지만,

나를 일으키는 것도 말입니다.

안 될 것 같은 목표를 앞에 둔 내게 혹은 타인에게

내가 해줘야 할 조언을 적어봅시다.

"그거 안 될 것 같은데…"

라는 간편한 말은 제외하고요.

누 구 나 한 번 쯤 은
겪 어 야 하 는 재 난 영 화

지구에 남은 사람은 오늘로써 딱 15명이다. 200명, 150명, 100명, 50명… 차례차례 줄어 2022년 6월이 된 현시점에 남은 인구는 15명. 재난 영화의 이야기가 아닌 지금을 살고 있는 실제 나의 이야기다. 알다시피 푸른 별 지구 위에 살고 있는 인구는 여전히 77억 명이다. 다만 서른셋, 내 인생 안에 담을 수 있는 인구가 채 15명을 넘길 수 없을 뿐이다.

사춘기는 누가 뭐라 해도 부모보다 친구가 더 좋아지는 시기일 것이다. 같은 말도 부모가 하면 "뭐래"라는 말이, 친구가 하면 "맞네!"라는 답이 나가는 몹쓸 시기. 나는 그 시기가 남들보다 조금 더 빨리 온, 보다 몹쓸 아이였다. 매일 밤 친구들과 내일은 무슨 이야기를 할까 고민했다. 어떤 말을 할 때 아이들이 웃었는지, 그때 그 친구의 표정은 왜 그랬는지 습관처럼 복기했다. 당연하게도 가족들의 얼굴은 관심 밖의 일이었다. 만약 이 몹쓸 짓도 공부라 할 수 있다면 나는 꽤 우등생이었을 거다. 열심히 하는 데다 어느 정도의 재능까지 갖춘 엘리트 우등생. 왜 그렇게까지 했냐고 묻는다면 아마 존재감 때문이 아니었을까. 매일 대화하고 싶은 친구, 운동할 때 함께하고 싶은 아이, 고민이 있으면 털어놓고 싶은 동료. 누군가에게 필요한 사람이 되는 경험은 애정 결핍 아이가 빠져나오기엔 지나치게 매력적인 상황이었다. 물론 그것도 딱 스물일곱이 되기 전까지였지만.

출근길 교통사고가 나고 싶었다. 아프고 싶고 쓰러지고 싶고 기절하고 싶고 코피가 나고 싶었다. 근데 이 죽일 놈의 몸뚱어리는 왜 이렇게 쓸데없이 튼튼한 건지, 매일같이 죽겠다고 아우성치면서도 아침만 되면 잘도 눈이 떠졌다. 잠잘 시간도 없을 만큼 바쁜 것은 아니었는데 이상하게도 몸은 점점 죽어가고 있었다. 아마 나는 내가 사회생활을 잘할 줄 알았나

보다. 중고등학교 때도, 대학교 때도, 군 생활에서도 매번 존재감을 입증받았으니까 이번에도 잘할 줄 알았다. 근데 웬걸, 스캔 하나 제대로 못 떠서 욕 잡숫고, 탄산수 사 오라는 말에 트레비가 아닌 페리에를 사 갔다가 이게 다 네 돈이냐고 또 욕 잡숫는 나를 보며 정말 비참해 죽고 싶었다. 난 참 잘할 줄 알았는데. 재능 있는 줄 알았는데. 실상은 말만 잘하지 정작 시키는 일은 구멍 내는 고문관이었다. 잠이 오지 않는 나날들이었다. 그때도 카톡은 계속 울렸다.

"야, 너 요즘 연락이 없다." "또 또, 바쁜 척은 혼자 다 하지." "너 없으면 무슨 재미로 노냐. 기다릴 테니까 빨리 와." 고백하자면 이런 말들이 싫지 않았다. 어쩌면 좋았을지도 모른다. 여전히 내가 필요한 곳이 있다는 사실은 나를 안심시켜 주었다. 난 아직도 어딘가에서는 필요한 사람이었다. 그게 회사는 아닐 뿐. 다만 한 번 두 번 마음에도 없던 술자리를 나가 보니 이것만큼 쓸쓸한 일이 없더라. 거기엔 내가 필요한 게 아니었다. 어색한 분위기를 띄워주는 후배와 옆에 있으면 그저 웃긴 친구와 어떤 고민도 다 잘 들어주는 형이 필요했다. 그때 난 더 이상 내 감정 하나 달래주기도 벅찬 상태였는데.

우습게도 어린 날 내 자존감의 출처였던 관계들은 10여 년이 지나 내 인생에 회의감을 주는 존재들로 변해 나를 더 무너뜨렸다. 슬픈 일이었다. 비겁하지만 그때쯤 가족들의 얼굴이 보였던 것 같다. "바쁜 것만 끝내고"라는 말에도 언제나 서운한 기색 없이 기다려준 여자 친구의 배려와 죽겠다는 이야기도 묵묵히 들어준 동네 친구들도 보였다. 내가 내 지구의 인구를 줄이기로 결심한 이유였다. 15명. 그건 내가 책임지고 싶은 숫자였다.

사람의 소화 능력은 나이를 먹을수록 조금씩 퇴화된다고 한다. 매일 먹던 밥공기의 양이 차츰 줄고 좋아했던 음식들도 쉽게 부대낀다. 그런데 사람의 마음도 같나 보다. 어릴 땐 감당 가능했던 관계들이 하나둘 벅찬 것을 보면 분명 내 마음의 소화 능력 역시 퇴화된 것일 거다. 음식도 만남도 과하면 체하게 되는 나이라니 세월 참 야속하다. 아마 내 마음에도 의사가 있다면 이렇게 말해주지 않았을까. "가급적 맛있는 것만 먹고 되도록 소중한 사람을 만나세요." 그건 빈약한 소화 능력을 그나마 효율적으로 사용하기 위한 가장 현명한 관리법일 것이다. 뭐, 때때로 서운한 소리도 듣고 만날 사람이 없어 외로운 날도 찾아올 테지만 그건 그것 나름대로 괜찮을 것 같다는 생각이 든다. 아이러니하게도 적절한 공복감은 오히려 소중한 것들을 더 소중하게 만들어줄 테니 말이다.

9

Rebuilding

영국의 진화심리학자 던바는 인간이 안정적으로 형성할 수 있는 관계의 수를 150이라 정의했다. 이걸 '던바의 수'라고 한다. 그런데 나는 평균적인 인간보다 관계 능력이 한참 떨어지는 것인지 딱 1/10이면 충분하다. 그렇다. 나의 수는 '15'다.

지구 위에는 77억 명의 사람이 살고 있다. 그리고 마음만 먹으면 지구 반대편의 사람들과도 친구가 될 수 있다. 그런데 모두가 모두를 만날 수 있기에 우리는 오히려 더 정해야 하는 것일지도 모르겠다.

당신의 수는 몇일까?

인 생

스 포 주 의

마블 영화를 좋아한다. 2008년 〈아이언맨 1〉
부터 최근 〈닥터 스트레인지 2〉까지 웬만한 영화는 n차 관람했
을 정도로. 그중 백미는 아무래도 〈어벤져스 : 엔드게임〉이었
을 텐데, 관람 전 유난히 조심했던 행동이 하나 있다. 바로 스
포 주의다. 3일 전부터 혹시 모를 스포를 방지하기 위해 SNS를
멀리했다. 당일은 카페같이 사람 많은 장소는 피했고. 과하다
고 볼 수 있지만 누군가에게 스포란 그 정도의 의미를 갖고 있
는 행동인 것이다. 만약 행복의 절반이 기대감에서 온다면 스
포란 누군가의 행복을 절반이나 날려버릴 만큼 잔인한 행동이
다. 그런데 최근 영화 스포와는 비교도 안 될 만큼 내 기대감을
앗아가는 행동이 하나 있었으니, 바로 인생 스포다.

"아이는 언제 가져?" 요즘 어딜 가도 가장 많이 듣는 얘기다. "빨리 애기 낳고 큰 집으로 이사 가야지" "서른셋이면 좀 늦었다" "할머니도 기다리시잖아" "더 늦으면 애 대학 갈 때 너 환갑이다" 등등. 나도 모르는 내 인생의 방향성을 사람들은 이미 다 알고 있었다. 비단 이번만이 아니다. 10대 때는 대학을, 20대 때는 취업을, 30대 때는 결혼을. 나는 매번 정해진 루트를 따라가는 컨베이어 벨트 위 부품처럼 떨어지지 않게 조심조심하며 길을 따라가야 했다.

그래서일까. 뭘 이뤄도 딱히 즐겁지가 않았다. 대학을 가고 취업을 해도 잠깐의 성취감은 있을 뿐 인생을 붕붕 뜨게 하는 기대감은 없었다. 그건 이미 길이 다 정해진 기차 놀이였으니까. 커지는 건 탈선에 대한 불안감뿐이었다. 그러니 서른셋, 나는 내 인생이 가야 하는 종착지를 알고 있었다. 잘 키운 자식 하나와 예쁜 손자를 보며 웃고 있는 금실 좋은 부부. 분명 해피 엔딩이었지만 내가 바란 것은 아니었다.

중학생 시절, 친구들과 함께 영화〈식스센스〉를 본 적이 있다. 반전이 있다고는 들었지만 그게 뭔지는 아무도 모르는 상황. 영화는 클라이맥스를 향해 가고 있었다. 그런데 하필 그때 머릿속으로 한 가지 생각이 스치는 것이 아닌가. "헐! 브루스 윌리스가 귀신 아니야?!" 아뿔싸. 생각은 붙잡기도 전에 이미 입 밖으로 터져 나가 있었다. 그때 날 보던 친구들의 얼굴을 기억한다. 모르긴 몰라도 꽤나 소중한 걸 빼앗긴 표정. 나는 즉시 6명이 먹을 아이스크림을 사러 가야 했다. 그때 내가 친구들에게서 빼앗은 것이 단순히 결말에 대한 정보만은 아닐 거다. 그 결말을 얻기 위해 기다린 시간과 영화에 몰입하며 생긴 감정. 그건 빨리 알면 좋다는 이유로 빼앗으면 안 되는 종류의 것들이었다. 다시 말해 안 맞은 게 다행이란 말이다.

아마 인생 스포도 비슷할 것이다. 결말을 미리 알았을 때 허탈해지는 건 비단 영화만이 아니기 때문이다. 삶도 영화도 멀리서 보면 같다. 끝까지 몰입하게 만드는 건 결국 뒤에 뭐가 나올지 모른다는 기대감이다. 다시 말해 스포란 결말을 넘어 과정의 재미마저도 앗아갈 수 있는 못난 행동이란 말이다. 인생도 영화도 결말을 안 뒤부터는 모든 게 뻔해지니까. 그러니 부디 자신과 타인의 인생에 15년 전 중학생이 저지른 실수를 똑같이 반복하지는 말자. 나와 그의 삶이 지루함이 아닌 기대감으로 이어질 수 있도록 진득이 기다려주자. 그러다 혹 "야! 내가 다 아는데"라는 말로 물꼬를 트는 사람을 만날 때면 과감히 그의 입에 반창고를 붙이고 말해주자. "쉿!" 그게 열심히 만든 영화와 인생에 대해 우리가 지켜야 할 예의다.

10

Rebuilding

내가 당한 인생 스포를 한 개 이상 적고 지워볼까요?

~~예) 야기는 서른 초반에는 가져야지.~~

내 행복을
너한테서 찾으라고?

"250만 원입니다. 일시불로 해드릴까요?"
올해 가장 크게 한 소비를 꼽자면 아마 할머니의 보청기를 맞춰드린 것일 거다. "이젠 티비 소리도 못 알아듣겠다." 오랜만에 본 할머니는 푸념하며 말했다. 사는 재미가 없다고. 그도 그럴 것이 할아버지가 돌아가신 후 할머니의 인생을 책임지는 것은 어떤 가족도 아닌 주말 연속극이었다. 할머니는 시도 때도 없이 하는 재방이 지겹다고 하시면서도 방송이 시작되면 매일 새것처럼 웃으셨다. 할머니의 낮과 밤은 언제나 연속극 소리로 가득했다. 그런데 어느 순간부터 그 소리가 점점 작아진 것이다. 아무리 볼륨을 키워도 티비에 붙어 앉아도 연속극은 할머니의 귀에서 멀어져만 갔다. 할머니는 불안했다.

이젠 정말 살아야 할 이유가 없어지는 것 같아서. 그제야 할머니는 할아버지가 이해된다고 말했다.

할아버지의 귀는 내가 채 철이 들기 전부터 이미 먹어 있었다. 동네가 떠나가도록 소리쳐야 간신히 알아들으시는 할아버지가 나는 정말로 귀찮았다. 그래서 일부러 더 작게 말했다. 아예 물어보는 것을 포기하도록. 만약 순수악이 정말로 존재한다면 그 시절의 나였는지도 모르겠다. 할머니는 그런 할아버지가 유일하게 기댈 수 있는 대상이었다. 유일하게 할아버지와의 대화를 포기하지 않는 사람이었고, 귀찮아하는 우리를 지치지도 않고 다독이는 사람이었다. 할아버지는 그 시대의 어른답게 고마움을 분노로 표현했다. "어이! 왜 그렇게 대답을 안 해!" 할아버지는 온 분노를 담아 할머니를 몰아붙였다. 마치 이 모든 게 다 할머니 탓인 것처럼. 시간이 지나 할머니 역시 할아버지와의 대화를 차츰 포기하게 된 이유였다. 그 뒤로 할아버지는 무섭도록 일만 하셨다. 연속극에 몰입하는 지금의 할머니처럼 말이다. 그런 연유에서 할머니는 이제야 할아버지를 이해할 수 있었던 것이다. 소리 없는 고독에 혼자 남겨지는 일은 겪어본 사람만이 이해할 수 있는 공포였다. 한 가지 다행인 것은 그때와 달리 내 철이 나름 물들어 있었다는 것이다.

"얘 태수야, 보청기는 언제 온다니?" 할머니는 보청기를 크리스마스처럼 기다렸다. "일주일만 기다려 할머니. 지금 할머니 귀에 꼭 맞게 만들고 있대. 연락이 오면 내가 바로 데리러 갈 거야." 할머니는 매일같이 전화했다. 놀라운 것은 보청기를 기다리는 애타는 감정이 할머니의 인생을 조금이나마 생기 있게 만들었다는 것이다. 더 신기한 것은 내 인생까지도. 매일 밝아지는 할머니의 표정을 보는 것은 생각보다 기분 좋은 일이었다. 할머니는 나 때문에 니가 큰돈 쓴다며 연신 미안하다 말했지만 나는 나에게 돈이 있다는 것이 그토록 기쁜 적이 없었다. 의미 없이 모아온 돈의 의미가 내가 아닌 남에게서 찾아왔다.

그렇게 한 달이 지났다. 우습게도 우린 여전히 보청기를 기다리고 있다. 일주일 뒤 도착한 보청기의 성능이 할머니의 예상보다 별로여서 성능을 조정하는 데 일주일. 보청기와 부속품 사용법을 배우는 데 일주일. 보청기에 달린 작은 손잡이가 귀를 아프게 한다고 하여 그걸 자르는 데 또 일주일. 그런 사정에서 우린 아직도 보청기를 기다리고 있다. 처음보단 덜하지만 여전히 애타게. 그 과정에서 할머니와 투덕거리기도 하고 달래기도 하고 다시 얼굴 붉히기도 했지만, 신기하게도 내 하루의 생기는 멈추지 않고 밝아졌다. 내가 아닌 다른 누군가의 하루를 기쁘게 하고 싶다는 이상한 이유로 말이다.

언젠가 누나가 술에 취해 말했다. 나는 너하고 아빠하고 할머니한테 밥 사 주고 옷 사 주는 게 좋아. 그래서 돈 버는 거야. 술 취하니 별소리를 다 한다며 넘긴 그때 그 말의 의미를 이제 이해한다. 삶의 이유란 때때로 남에게서 출발하기도 하는 것이었다. 사실 많은 순간 느끼고 있었다. 야근한 아내에게 밥을 차려주는 것은 의외로 즐거웠다. 우연히 간 백화점에서 조카의 옷을 고르는 것도 즐거웠고, 할머니에게 완벽한 보청기를 맞춰주기 위해 고생하는 시간들이 은근 뿌듯했다. 웃음이란 전염성이 강한 것인지 내 옆의 사람들이 웃으니 나도 웃게 됐다. 그래서일까. 내 입으로 말하기 낯간지럽지만, 나는 내가 더 행복하기 위해 내 사람들을 행복하게 만들어주고 싶다. 돈 걱정 없이 선물하기 위해 돈을 벌고 싶고, 무표정한 내가 웃기 위해 내 사람들을 웃게 하고 싶다. 그렇다. 나는 아주 이기적인 마음으로 이타적인 사람이 되고 싶다.

11

Rebuilding

만약 행복이 남을 통해 찾아오는 거라면

누구를 행복하게 해주고 싶나요?

나를 위해

남을 행복하게 만들어줘야 한다면 말이에요.

메 뉴 하 나 선 택 할 때 도
나 만 의 기 준 이 필 요 한 걸

어린 날의 나는 선택이 무서웠다. 점심은 뭘 먹을까? 주말엔 뭐해? 대학은 어디로? 취업은 언제? 매일같이 들이치는 선택이 너무 무서워서 그때마다 마법 같은 주문을 하나 외웠다. "남들이 하는 데는 다 이유가 있는 거야." 그 주문은 나를 편안하게 해주었다. 친구가 정한 메뉴를 먹고 주변에서 추천한 대학을 가도 다 괜찮았다. 그건 이유가 있는 일이었으니까. 사람들은 내가 바르다고 했다. 뭐든 모나지 않고 정해진 데로 잘 간다고. 나는 그 뜻을 이렇게 받아들였다. 앞으로도 이렇게 살면 돼. 선택은 미루고 책임은 피하면서. 물론 하다 하다 못해 이런 것까지 미루며 살게 될 줄은 몰랐지만.

"여기… 폰트 색은 뭘로 해야 할까요?" 말을 꺼낸 즉시 알 수 있었다. X됐다. 차장님은 크게 한숨을 내쉬었다. 대리님은 아무 말 없이 쳐다봤다. 말 없는 말의 의미를 굳이 번역하자면 아마 이럴 것이다. "…그런 것까지 알려줘야 되니?" '어차피 네들 맘대로 할 거잖아'라고 항변하고 싶었지만 그럴 수가 없었다. 내가 봐도 내가 한심했다. 스물여섯 인턴 2개월 차, 그건 더 이상 어리다는 말로 커버 칠 수 없는 나이였다. 10년 전에도 지금도 나는 여전히 뭐 하나 스스로 결정하지 못하는 놈이었다. 차이가 있다면 이제는 더 이상 내 선택을 대신해줄 사람이 없었다는 것. 슬펐다. 나는 여전히 혼자 사냥할 줄 모르는 밥통 고양이였는데.

그로부터 세 달간은 필사적인 나날들이었다. 다음 날 또 멍청한 질문을 할까 겁나 자기 전엔 꼭 내일 할 일을 복습했고, 무언가 물어볼 게 생기면 차분히 재검열한 뒤 질문했다. 그때 내 머릿속을 조각으로 나누어보면 아마 이런 퍼즐로 가득했을 거다. '어떻게 하면 욕을 덜 먹을 수 있을까?' 처음 산 아이폰5s 메모장엔 이런 메모가 적혀 있었다. '차장님의 기분에 따라 결재받을 타이밍을 결정해야 한다.' 2015년 6월 1일의 메모였다. 잘하진 못해도 생존하고 싶었다. 매일이 CPR 상황 같아서 부단히 마음을 두드렸다. 잘할 수 있다고. 더 노력할 거라고. 그건 하기 싫다고 거부할 수 있는 일이 아니었다. 그로부터 두 달이 더 지난 때였을까, 차장님은 나를 조용히 불러 말했다. "이제 좀 쓸 만하네." 꺼진 모니터 위에는 피골이 상접한 원숭이가 있었다. 사람들은 이목구비가 뚜렷해졌다며 칭찬했다. 아이러니하지만 그 말을 들으니 비로소 결심할 수 있었다. 그만해야겠다. 정직원 전환 피티를 제안받기 며칠 전의 일이었다.

그 뒤로는 일본 여행을 갔던 것 같다. 110만 원이었던 월급을 쪼개 모아 처음으로 온천도 갔다. 온천이 그렇게 뜨거운지 처음 알았다. 채 10분도 못 있고 나왔다. 나오는 길에 유명하다는 커피 우유를 뽑아 먹고 라멘에 달걀 두 개를 넣어 먹은 건 기분 좋은 경험이었다. 다시 한국으로 돌아와선 마음대로 늦잠을 자고 밤새도록 예능도 봤다. 그렇게 두 달 하고도 15일이 지났다. 점심이 다 되어 일어난 어느 날의 아침, 애써 미뤄둔 고민이 기습하듯 들이닥쳤다. …이제 뭐하지? 나름 열심히 기획한 퇴사 후 해야 할 버킷 리스트는 고작 75일만에 막을 내렸다. 주변에서는 다시 취업 준비 할 거냐고 물었지만 그건 좀 곤란했다. 이번에도 남의 말을 듣고 선택하면 그땐 정말 되돌릴 수 없을 것 같았다. 곰곰이 생각해보니 아직 해결하지 못한 일도 하나 있었고. "오늘 점심은 뭘 먹을까?" 스스로 메뉴를 정하는 일이었다.

'주말엔 혼자 영화를 보러 가자.' '점심은 원하는 대로 먹을래.' 그때 내가 부릴 수 있는 주관이라곤 딱 그 정도였다. 인생에 지장 없을 만큼 최소한의 선택. 잘해야 한다는 부담도 없고 실수해도 괜찮은 선택에만 내 주관을 담을 수 있었다. 신기한 건 그렇게 3년을 하다 보니 주변에서 말해왔다는 거다. "야, 넌 진짜 기준 하나는 대쪽 같다." 묘한 기분이었다. 나는 고작 먹고 싶은 것을 먹고, 가고 싶은 곳을 갔을 뿐인데. 주관이란 오히려 자잘할 때 더 잘 보이나 보다. 사람들의 시선 속에서 스물여섯 살 여름의 나와 지금의 나는 여러모로 참 달라져 있었다. 그 뒤로는 메뉴를 선택하는 것도, 주말에 뭘 할지 결정하는 것도 어렵지 않았다. 이후 작은 스타트업에 입사해 원 없이 일한 뒤 퇴사하고 두 권의 책을 쓴 것도 내 결정이었다. 그 과정이 결코 순탄치만은 않았다. 그래서 나와 같은 고민을 하고 있는 사람들에게 이 이야기를 들려주고 싶다.

'오늘부터 내 맘대로 살 거야!'라고 결심한 뒤 가장 크게 했던 실수는 삶 자체를 바꾸려 했던 거다. 빨리 달라지고 싶었다. 큰 선택을 미루고 싶지 않았고 꿈이 있는 사람이 되고 싶었다. 그래서 더 헤맸다. 아무것도 모르고 장래 희망을 적는 초등학생처럼 그저 크고 멋진 가치관만을 나에게 대차게 요구했다. 기억해보면 내가 나에게 정말로 실망했던 순간은 폰트 색깔 하나조차 스스로 결정하지 못해 회피한 순간들이었는데.

지난 7년 나는 정말로 변하고 싶었다. 진심으로 노력했다. 그런데 만약 다시 돌아갈 수 있다면 그때의 나에게 이렇게 말해주고 싶다. 지금보다 더 나은 사람이 되고 싶다는 마음은 좋지만, 그 마음이 꼭 거대한 데서부터 시작하지는 않아도 된다고. 몸통만큼 큰 퍼즐도 결국 작은 조각이 하나 없으면 완성할 수 없는 것처럼 우리 삶을 완성하는 것도 결국은 사소한 일상들이니까. 다시 말해 그때도 지금도 내가 나에게 요구해야 하는 것은 이런 것들이었다. '오늘 점심은 뭘 먹을까?' '주말이 오면 뭘 하고 놀지?' 매일 일어나는 일상의 호불호를 남 없이 결정해 나가는 것. 주관이란 오히려 그런 작은 선택을 잘해 나갈 수 있을 때 생기는 것이었다.

주관이 있다는 건 멋진 일입니다.

그러니 오늘은 나만의 주관을 하나 만들어볼까요?

내일 점심 뭐 먹을래요?

잠깐잠깐!

하루에 두 챕터는 무리예요!

오늘은 여기서 쉬어 갑시다.

그간 부숴낸 것들을

떠올려보면서요.

마음에도
기둥이 필요해

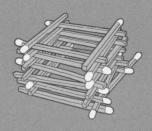

내 마음속 기둥 중 내가 세운 것은 얼마나 될까?

마음의 집에서도 가장 중요한 건 기둥이다.

남이 세워준 기둥은

내 마음을 온전히 지켜주지 못한다.

직장인이 부럽니다,
일의 의미

"아저씨, 거 조용히 좀 합시다." 회사 맞은편 건물 2층에서 한 아저씨가 나를 향해 말했다. '저 아저씨 아닌데요'라는 반박이 목 끝까지 차올랐지만 이내 죄송하다고 인사했다. 아저씨는 혀를 끌끌 차며 창문을 닫았다. 회사 동료들과 나는 입을 다물고 서로를 바라봤다. 그러곤 신발 던지기를 했다. 당시 우리의 나이는 평균 스물아홉 살. 총 6명의 아저씨, 아줌마는 회사 앞마당에 모여 점심 커피 내기 대회를 하고 있었다.

2018년은 내 인생에서 가장 역동성이 짙던 한 해였다. 신발 던지기, 동전 날리기, 명함 투호 등등. 유사 올림픽의 열기를 방불케 했던 대회들이 매일같이 열렸다. 장소와 시간은 평일 점심 식사 후 회사 앞마당. 목적은 간단했다. 진 놈이 커피를 몽땅 산다. 그러니 조용히 하려야 조용히 할 수가 있나. 패배할 경우 만 원 이상의 커피값과 더불어 하루치의 놀림, 한 개만으로도 벅찬 불명예를 두 개씩이나 갖게 되는 상황이었다. 그건 전쟁이었다. 총과 칼 없이 하는 전쟁. 1991년 소련의 붕괴와 함께 종식된 냉전은 우리 회사 앞마당에서 다시 꽃피우고 있었다. 혹 그 열정으로 일을 했으면 회사를 하나 세워도 세웠겠다고 말하고 싶은 거라면 말을 마라. 점심시간 내내 그토록 즐겁게 웃고 떠들 수 있었기에 점심 이후 또다시 열심히 일을 할 수 있었던 거다. 아는 사람은 알 거다. 일이 잘 풀리건 안 풀리건 언제든 회사 안에서 웃을 수 있는 시간이 존재한다는 사실만으로도 의외로 회사 다닐 맛이 난다는 걸. 약간의 과장을 하자면 나는 그 시간을 위해서 회사에 다녔다고도 할 수 있겠다. 시간이 지나 퇴사에 가까워지는 마음을 끝끝내 붙잡았던 것도 결국 그 사람들과의 시간이었으니 말이다.

언젠가 페이스북에서 이런 글을 본 적이 있다. "똥은 꼭 출근해서 싸. 똥 싸면서 돈을 벌 수 있거든.” 얄궂은 표정을 짓는 남자의 사진 밑에 적힌 대사는 몇천 개의 '좋아요'를 받을 만큼 흥행한 게시물이 되었다. 모르긴 몰라도 해당 게시물을 보고 다들 비슷한 생각을 했을 것이다. '… 천잰데?' 그 짧은 문장 하나만으로 일하는 시간의 의미를 다 뒤집어버렸으니 명문이 아니라고 할 수 없다.

어릴 땐 일 자체에서 의미를 찾는 사람이 될 수 있을 줄 알았다. 자기계발서 속 위인들처럼 일하는 이유가 오직 일인 사람들 말이다. 하지만 현실은 동전 던지기를 더 하기 위해 회사에 다니는 사람이라니. 나는 얄궂은 사진 속 남자처럼 일 이외에서 의미를 찾아야 하는 사람이었다. 그게 꼭 나쁜 것만은 아니었다. 오히려 아무도 가르쳐주지 않은 삶의 이유를 스스로 찾아냈다는 점에서 대단하다고 볼 여지도 있었다.

다시 처음으로 돌아가 2016년부터 2019년. 짧지 않은 회사 생활을 견딜 수 있게 한 건 결국 일이 아닌 사람이었다. 그 사람들과의 시간 덕분에 3년이 즐거울 수 있었고, “다시 태어나도 그 회사에 또 들어갈 거야?”라는 질문에 언제든 고민

없이 예스라고 답할 수 있게 되었다. 사람이란 참 이상한 동물이다. 별것도 아닌 이유만으로도 고된 일을 기꺼이 감내해낼 수 있으니 말이다. 그런 마음에서 이 글의 마무리를 이렇게 내리고 싶다.

우리가 일이 제일 싫어지는 순간은 의외로 힘들 때, 늦게 끝날 때가 아니라 이걸 왜 하는지 모르겠을 때다. '먹고살기 위해서'라는 말을 제외하고 우리가 일해야 하는 이유는 무엇일까. 주말엔 친구들과 맛있는 저녁을 먹고 싶어서, 가족들에게 부담 없이 선물을 사 주기 위해. 혹은 그 사람들과의 시간을 더 오래 보내고 싶어서. 우리에게 필요한 건 그런 거다. 일이 덜 싫어질 만큼의 작은 이유.

1
Pillar

지금 그 일을 하는 나만의 이유가 있나요?

작은 이유라도 좋아요.

그 이유들이 일하는 시간을

즐겁게 만들어줄지도 모르잖아요.

땡! 근데 이번만은
정답으로 해드릴게요

       환갑이 된 아빠는 인생에서 딱 한 번 죽고 싶은 적이 있었다 말했다. IMF로 사업이 망했을 때, 아빠는 절벽에서 떨어져야겠다 결심했다. 빚쟁이 가장이 되고 사람들은 다 떠나고. 아빠의 세상이 뒤집히는 데는 그리 많은 시간이 필요하지 않았다. 아빠는 매일 아침 놀이터로 출근했고 그네를 타다 저녁이 다 될 때쯤 돌아왔다. 그러곤 다시 아침이 오길 기다렸다. 빨리 이 집에서 다시 나가기 위해. 자식과 부모의 얼굴을 마주할 때마다 느껴지는 죄책감까지 감당해내기에 아빠의 상태는 그리 좋지 못했다. 아빠의 도피는 몇 달로 끝나지 않았다. 그리고 할머니는 점점 아빠가 한심해 보이기 시작했다.

자이언티의 노래 〈꺼내 먹어요〉에는 이런 가사가 나온다. "집에 있는데도 집에 가고 싶을 거야." 그때의 아빠가 그랬다. 도무지 집에서 쉴 수가 없었다. 아빠는 라면을 끓여 먹을 때마다 밥을 말아 먹어도 될까 고민했다. 빨래를 세탁실에 내놓는 건 생각보다 힘든 작업이었다. 조금만 쉬고 싶은데. 마음만 정리되면 다시 일어날 수 있을 것 같은데. 가족도 상황도 스스로도 그걸 기다려주지 않았다. 아빠는 가족에게 서운했다. 또한 그런 서운함을 느끼는 자신을 경멸했다. 슬프게도 무너진 가장의 마음은 보이지 않는 곳에서부터 곪아가고 있었다. 그리고 그 고름들은 언제나 가까운 사람들에 의해 찔려 터졌다. 조금 더 정확히 말하자면 가까운 사람들의 말에 의해.

"힘들 시간에 나가서 일을 구해." "네가 벌인 일인데 네가 책임도 져야지." 부정할 수 없이 잘 벼려진 바른 말들은 아빠의 삶의 실을 야금야금 끊어갔다. 아빠의 고개는 저절로 숙여졌다. 그걸 본 사람들은 또 말했다. "이거 다 널 위해서 하는 말이야." 잔인한 말이었다. 그게 어떤 말이든 널 위한다는 문장과 연결되는 순간 쉽게 도망칠 수가 없었다.

결국 아빠는 자기를 위해서라는 말에 치이고 밀려 내몰렸다. 절벽 위까지. 아빠의 차는 어느새 절벽 위에 서 있었다. 씨발 죽자. 아빠는 울고불고 소리 지르고 악다구니 쳤다. 죽을 생각이었다. 그런데 의외로 죽는 것은 사는 것보다 더 어려운 것인지 도무지 액셀을 밟을 수가 없었다. 아빠는 장마철 터진 맨홀처럼 엉엉 울었다. 차에서도 집에서도. 시간이 흘러 환갑이 되었을 때 아빠는 그때를 회상하며 말했다. "야… 그때 블랙박스가 없어서 다행이지. 안 그랬으면 쪽팔려서라도 죽었을 거야."

그날 아빠의 말을 듣고 생각했다. 사람을 살리는 건 의외로 틀린 말일 수도 있겠다고. 너무 뻔뻔하게 틀려서 오히려 이 사람이 나를 얼마큼 생각하고 있는지 더 잘 느낄 수 있는 거짓말들 말이다. 사람은 생각보다 옳은 말에 치유받지 않는다. 옳은 말은 확신을 준다. 내가 정말로 틀렸고, 부족하고, 한심하다는 확신. 그건 무너진 사람이 능히 견딜 수 있을 만큼 가벼운 말이 아니었다. 그날 술에 취한 아빠는 말했다. "그러니까 네 옆 사람이 무너질 때면 보기 좋게 틀려 줘. 네 잘못이 아니라고. 다시 잘할 수 있다고. 다 알아. 거짓말인 거. 왜 모르겠어. 내가 제일 잘 알지. 근데 말이야, 무너진 사람들은 그런 뻔뻔한 거짓말에 또 녹는 거야. 그게… 그게 생각보다 진짜 따땃하거든."

집으로 돌아오는 길, 그동안 내가 널 위해서라는 이유로 해온 조언들에 대해 다시 생각해봤다. 어쩌면 나는 상대가 아닌 내 마음 편하자고 그런 말들을 해온 것일지도 모르겠다. 아니, 아마 그랬을 것이다. "다 널 위해서야." 그 말만큼 나쁜 사람이 되지 않고 상대에게 한심하다는 속내를 전달할 수 있는 손쉬운 방법은 없으니까. 무너진 사람에게 필요한 것은 마주 서는 것이 아니라 옆에 서주는 것이었는데. 그리고 말해주는 것이었는데. "나는 네 편이야." 그게 비록 진심 어린 거짓말이라도.

2

Pillar

앞으로 무너질, 혹은 지금 무너진

나를 다시 일으켜줄 틀린 말을 적어봅시다.

거짓말이어도 좋아요.

그게 무너진 나를 일으켜줄 기둥이 되어줄 테니까요.

그 아름답고 쌉쌀한
이 름 에 대하여

우크라이나와 러시아가 전쟁에 들어갔다는 소식에 주식 걱정을 하는 나를 보고 나는 내가 괴물이 되었다고 생각했다. 오늘은 3퍼센트가 떨어졌네. 어제는 마이너스 5퍼센트였는데. 내일은 또 몇 퍼센트가 떨어질까. 하루가 다르게 내려가는 숫자를 보면서 나는 왜 내 인생만 이 모양 이 꼴인지 푸념했다. 한참을 일하다가도, 점심시간이 되어 밥을 먹고 물을 따라 마시다가도 문득 떠올랐다. 올랐겠지? 그래프는 여전히 파란색이었다. 분명 오르고 있었는데. 내가 하기 전까지는 괜찮았는데. 참아야지, 참아야지 하면서도 하루에도 몇 번씩 주식 앱에 들어가 기분을 잡치는 내가 나도 한심했다.

기름값은 리터당 2,130원. 빵빠레 아이스크림은 개당 1,500원. 짜장면은 6,500원＋배달비 3,500원. 세상 모든 것들은 지치지도 않고 가파르게 오른다. 돈이란 벌 때는 더하기로 오고 나갈 때는 나누기로 가는 질 나쁜 자산인 것인지 벌어도 벌어도 얇아지는 지갑은 멈출 도리가 없었다. 어릴 적 수도꼭지를 꼭 찬물 쪽으로 돌려놓는 할머니를 보며 한숨을 쉬었는데 나이가 들어 똑같이 그러고 있는 나를 보니 쓴웃음이 나왔다. 나만큼은 그렇게 살지 말라고 하셨는데. 집 안 한 켠 옷장에는 적어도 산 지 5년 이상 된 옷들 뿐이었다. 분명 먹고살 만큼의 돈은 있는데, 왜 이렇게 된 걸까. 단순히 돈이 부족해서만은 아닌 것 같았다.

나는 돈을 많이 벌고 싶었다. 돈을 많이 벌어서 내 안에 불안들을 몽땅 다 사들이고 싶었다. 내게 있어 돈이란 불안을 없애주는 가장 효과적인 수단이었다. 실제로 통장의 숫자가 높아질수록 불안은 점차 줄어들었다. '돈이 많아지면 불안은 줄어든다.' 이 명제는 적어도 내 인생에서만큼은 참이었다. 그런데 이상하게도 정반대의 명제 역시 참이 됐다. 돈이 줄어들면 불안이 커졌다. 7,000원짜리 구구콘 컵이든 5만 원짜리 소고기든 나가는 돈은 그에 걸맞은 양의 불안을 내게 되돌려주었다. 이것 참 미칠 노릇이었다. 돈은 가끔 오고 매일 나가는 재화였으니까. 수학 선생님은 참인 명제의 반대가 반드시 참이 되는 것은 아니라고 알려주셨는데 인생과 수학은 돌아가는 방식이 어딘가 좀 다른가 보다. 이럴 거면 더 빨리 수학을 포기할걸 그랬다. '사람의 불안은 얼마만큼의 돈이 있어야 다 사들일 수 있나요?' 이건 수학 시간에도 국어 시간에도 배운 적이 없는 문제였다.

한 심리학자는 매년 버킷리스트를 작성하고 그 옆에 필요한 액수를 적어놓는다고 한다. 에버랜드 자유이용권 2매(70,000원). 저온 숙성 돈카츠 정식(12,000원). 뭐 이런 식이다. 그렇게 하면 뭐가 좋냐. 행복을 돈으로 살 수 있다는 계산이 선다는 것이다. 다시 말해 행복에도 가격표가 생긴다는 것. 거기까지 들으니 흥미가 생겼다. 나는 내 불안에 가격표를 매겨보기로 했다.

더운 날 에어컨과 추운 날 보일러를 걱정 없이 틀기 위해 필요한 공과금은 월 15만 원. 월별 고양이용품은 12만 원.

매달 나가는 대출 원금과 이자는 75만 원. 한 달 생활비 52만 원 등등. 숫자들을 다 더해 나온 결론은 이랬다. 약 287만 6,000원. 한 달을 불안하지 않게 사는 데 필요한 액수였다. 그간 미지수 x였던 내 불안에 처음으로 입혀진 숫자. 적은 액수는 아니었지만 그렇다고 풀지 못할 액수도 아니었다. 가장 끔찍한 상황은 문제가 뭔지 모를 때였으니까.

생각해보면 돈이란 참 만능열쇠 같다. 돈만 있으면 여유 있는 성격도 살 수 있고 멋진 풍경 앞 집도 살 수 있으며 가족들의 불행마저도 대신 사 줄 수 있다. 돈은 너무 많은 걸 해결해준다. 그래서 점점 더 생각하지 않게 된다. 돈이 왜 필요한지, 내가 이 돈으로 무엇을 사고 싶었는지. 돈을 버는 이유는 사라지고 돈을 벌어야 한다는 의무만 남게 된다. 이유 없는 의무만큼 괴로운 것이 없는데.

적지 않은 기간 동안 돈을 벌기 위해 매일 8시간에서 많게는 16시간까지 일해왔다. 그런데 불안은 사라지긴커녕 커지기만 했다. 이쯤 되면 내 불안의 출처가 단순히 가진 돈이 부족해서만은 아닐 것이다. 나는 본질적인 고민 하나를 미루고 또 미뤄왔다.

'내가 돈으로 사고 싶었던 건 무엇일까?

행복일까 불안일까 집일까 음식일까?

그리고 그건 얼마일까?'

3
Pillar

돈으로 사고 싶은 것은 무엇인가요?

그리고 그걸 사는 데 필요한 금액은 얼마인가요?

(구체적이면 구체적일수록 좋아요.)

세상에는 혼자서 치료할 수 없는 상처도 있지

　　　　　　고양이 알레르기란 생각보다 위험한 질병이다. 급작스러운 발진과 가려움, 기침과 호흡곤란을 동반할 뿐만 아니라 심각할 경우 사망에까지 이를 수 있는 무서운 질병이다. 그런데 그런 고양이 알레르기보다도 몇 배는 위험한 것이 하나 있었으니, 바로 고양이다. 웬 뚱딴지같은 소리인가 싶겠지만 사실이다. 고양이의 귀여움은 고양이 알레르기의 심각성을 아득히 초월한다. 어떻게 확신할 수 있냐고? 바로 내 이야기이기 때문이다.

　　7마리의 고양이가 함께 사는 장모님 댁의 둘째 고양이 미미는 선천적으로 겁이 많았다. 배달원이 와도 발라당 배를 까

뒤집는 검은 고양이 마루와는 달리 미미는 초인종 소리만 들려도 침대 밑으로 숨기 바빴다. 그런데 또 정은 어찌나 많은지 익숙해진 사람들에게는 한없이 애교를 잘 부리는 작고 예쁜 고양이였다. 어쩌면 그게 문제였을지도 모른다. 한집에서 애정을 줄 수 있는 사람은 한정돼 있는 반면, 애정을 갈구하는 고양이는 최소 4마리 이상이었으니 별수 없이 서열 정리가 필요했을 것이다.

덩치와 힘을 두루 갖춘 전천후 레슬러 구름이, 평소에는 얌전하지만 꼭지 돌면 아무도 못 말리는 활화산 순동이, 배달원의 애정까지 놓치지 않고 가지려 하는 애정 탐지묘 마루. 각각 한 덩치 하는 세 고양이 앞에서 고작 3.2kg의 허약 체질 미미가 내세울 수 있는 건 빠른 줄행랑뿐이었다. 결국 미미는 모든 고양이가 잠드는 새벽이 되어서야 장모님의 다리 옆에 누워 외로운 골골송을 불러야 했다. 그러다 탐지묘 마루에게 들키는 날이면 호된 펀치를 맞았다. 거기도 내 자리라는 뜻이었다.

"얘, 빨리 좀 와주라. 미미가 걷지를 못한다." 일이 터진 것은 작년 봄, 그러니까 2021년 4월이었다. 아침에 일어나보니 미미가 뒷다리를 질질 끌며 기어 다닌다는 것이었다. 놀란 장모님은 빠르게 사태의 심각성을 인지했고 급히 나와 함께 동물병원으로 향했다. 그 와중에 쫄보 미미는 자신을 버리는 줄 알고 오줌을 쌌다. 우리의 마음은 더욱더 찢어졌다.

"스트레스가 너무 심했나 봐요." 수의사님은 덤덤하게 말했다. "사진을 보니까 다리에 문제가 있는 건 아니고요. 마음이 아픈 것 같아요. 다른 애들하고 좀 떨어뜨려놓으시는 게 어때요?" 미미는 여전히 축 늘어져 제 몸 하나 가누지 못했다. 뭔지 몰라도 자기만의 마음 준비를 한 모습 같았다. 아마 사람이라면 그 앞에서 도저히 말할 수가 없었을 것이다. "저… 사실 고양이 알레르기인데요." 미미와의 동거는 그렇게 시작되었다.

하루아침에 낯선 집으로 뚝 떨어진 미미는 예상대로 소파 밑에 숨어 나오지 않았다. 좋아하는 간식으로 유인을 해봐도 코앞에 놓아줘야 먹을 뿐, 그 이상도 그 이하도 아니었다. 미미는 친구 하나 없이 외딴 중학교에 배정된 열네 살 아이처럼 구석에만 꼭 처박혀 있었다. 나는 그런 아이들을 잘 알았다. 왜냐하면 나도 그랬으니까. 그런 아이들은 다가가면 오히려 더 멀어진다. 적당한 거리에 서서 다가올 때까지 기다려줘야 하는 것이 기본 중의 기본이다. 그래서 결과가 어떻게 되었냐고? 1년이 지난 지금 미미는 아침이면 내 배 위로 올라와 꾹꾹이와 함께 골골송을 눈치도 보지 않고 신명 나게 불러댄다. 뒷다리는 언제 아팠냐는 둥 캣타워를 시도 때도 없이 올라가고. 사자 없는 산에 토끼가 왕이라더니 딱 그 꼴이다.

나야 매주 한 번 이비인후과에 방문해 코와 목 청소를 하고 대중없이 잠을 재우는 알레르기 약을 먹어야 하지만, 매일 더 나아지는 이 녀석의 모습을 보는 것이 즐겁다. 새침한 외모와는 달리 어딜 가도 졸졸 따라오고 쓰다듬어주는 것 하나에 세상 좋은 듯 거실을 굴러대는 이 녀석을 보며 나는 내 고민을 잊는다. 돌 굴러가는 소리에도 깔깔 웃던 어린 시절처럼 이 녀석을 보면 이유 없이 웃게 된다. 맞다. 이것은 행복이다.

최근 주변에 아이를 가진 친구가 많아지다 보니 이런 이야기를 자주 듣는다. "보고만 있어도 좋아." 말도 통하지 않고, 매일같이 돌봐줘야 하는 그 존재가 그저 존재하는 것만으로도 나를 배시시 웃게 만든다고 한다. 잘 때는 더더욱. 결혼과 출산이 줄고 혼자 사는 경우가 많아지는 요즘 애묘인이 느는 이유도 같을 것이다. 우린 그저 옆에 있는 것만으로도 나를 편안하게 해주는 관계가 절실하기 때문이다. 그게 꼭 아이나 고양이일 필요는 없을 것이다. 식물이 될 수도 있고 그림이 될 수도 있으며 장난감 또한 가능할 것이다. 갈라진 마음에 반창고가 되어줄 수 있는 존재라면 그게 무엇이든 다 괜찮을 것이다.

요즘도 매주 진료를 받기 위해 이비인후과를 방문하면 원장님이 묻곤 하신다. "괜찮으세요?" 나는 알레르기로 막힌 코를 훌쩍이며 이렇게 답한다.

"네, 좋아요. ☺"

4

Pillar

갈라진 내 마음을 치유해주는 반려○○을 적어본다면?

사람이 아니어도 동물이 아니어도 다 좋아요.

당신만 좋다면요.

마음이 아플 땐
운동을 가요

"약간 M자 기가 있으시네요." 그토록 무서운 말을 들어본 건 처음이다. 오래전부터 다닌 동네 미용실에서 이제 막 샴푸를 하고 나온 순간 받게 된 뜻밖의 사형 선고. 문득 SNS에서 본 사진 하나가 떠올랐다. 확실하게 기억나진 않지만 매력 없는 남자의 순위였다. 옷 못 입는 남자, 위트 없는 남자, 키 작은 남자, 못생긴 남자. 여러 가지 유형의 남자가 나왔지만 부동의 1위는 다름 아닌 탈모 있는 남자. 그렇다. 나는 별안간 준비도 없이 동네 미용사에게 매력 없는 남자 순위 1위를 배정받은 것이다. 순간 가슴이 철렁하고 내려앉아 바보 같은 소리를 하고 말았다. "그럼… 저 끝난 건가요?" 미용사는 웃으며 말했다. "아ㅋㅋㅋㅋㅋ 아니에요. 그 정도는 아니고, 요새 스트레스 많이 받으세요? 두피에 열이 많아서 두피 샴푸 같은 것 좀 쓰시면 좋을 것 같은데… 행사가로 나온 게 있는데 한번 보여드릴까요?" 정신을 차려보니 내 손에는 1,600ml짜리 샴푸 하나와 3만 원짜리 에센스가 들려 있었다. 10만 원이었다. 비싼 제품이니 효과는 좋겠지 하며 돌아가려는데 미용사가 덧붙였다. "다음에 또 오세요." 그 미용사는 그 후로 다시는 볼 수 없었다.

　사실 처음 있는 일은 아니다. 스트레스가 많아 몸에 열이 많다는 이유로 한의원에서 50만 원어치 한약을 타 온 적도 있고, 스트레스 때문에 피부가 올라오는 거라며 10만 원어치 로션을 사 온 적도 있다. 스트레스, 스트레스, 스트레스. 만병의 근원이라는 이놈은 내 지갑을 자기 집 대문처럼 쉬이 여는 마법의 열쇠였다. 문제는 있는 지갑을 다 털어도 그놈의 스트레스는 줄지도 않고 앞으로 나아가기만 한다는 것. 도대체 스트레스는 어떻게 줄여야 하는 걸까? 아니 애당초 줄이는 게 가능은 한 걸까? 세계 순위의 재력가들조차 스트레스로 명을 달리하는 것을 보면 과연 돈으로 해결할 수 있는 문제인가 싶다. 빙빙 돌려 말했지만 내 지갑이 개털 났다는 소리다. 다시 말해 돈은 없고 스트레스는 줄지 않고 머리털만 줄어드는 상황. 이거 원, 결심을 할 수밖에 없잖나. 돈이 없으면 발로라도 뛰어야지. 밤마다 한 시간씩 걷게 된 이유다.

학자들의 말에 따르면 정신력은 결국 체력과 연결되어 있다고 한다. 우리가 의지력이라고 말하는 추상적인 능력의 출처가 사실은 체력이었다는 말. 다시 말해 회사에서 오는 압박감과 사람 때문에 받는 스트레스, 말 한마디에 치솟는 분노 같은 마음의 짐은 사실 나의 어깨와 복부, 그리고 허벅지 근육이 지고 있었다는 말이다. 집에만 오면 넘치는 생각에 잠 못 이뤘던 이유도 같을 것이다. 무너질 대로 무너진 몸은 내 마음을 지켜주지 못했다. 해서 나는 이런 합리적이고도 의학적인 이유로 밤마다 걷게 되었다. 단순히 돈이 없어서가 아니라. 정말로.

첫날은 30분을 걷는 것만으로도 벅찼다. 고작 오천 보에 다음 날 다리가 풀렸고 하루 온종일 피곤했다. 오히려 몸이 더 안 좋아지는 게 아닌가 하는 생각을 싣고 나는 하루, 이틀, 일주일, 한 달을 걸었다. 오천 보는 만 보가 되었다. 만 보는 만 오천 보가 되었고. 피로감은 여전했다. 다리도 딱히 튼튼해진 것 같지 않았다. 다만 잠은 잘 왔다. 꼬리에 꼬리를 무는 생각 덕에 새벽 4시가 넘어 자던 게 어제 같은데 씻고 일어나면 내일이 되었다. 나 불면증이었는데… 베개에 머리만 대면 잠을 잔다는 전설 속 인간이 내가 될 줄은 꿈에도 몰랐다. 간절했던 머리털이 솟아나진 않았지만 적지 않은 변화였다. 멈추라면 나아가기만 했던 생각들이 몸을 움직이니 멈췄다. 이런 걸 보고 어부지리라고 하는 걸까. 머리털을 지키기 위해 시작된 걷기는 의외로 나의 마음 근력을 키워주었다. 탈모, 여드름, 장 꼬임, 불면증. 지금껏 스트레스로 고생할 때마다 차분한 노래를 듣고 책을 읽고 위인들의 명언을 읽었다. 그런데 스트레스는 풀리기는커녕 커져만 갔다. 그땐 그걸 몰랐다. 문제는 몸이었는데.

그렇게 걷기를 시작한 지 두 달째, 새로 방문한 미용실의 미용사가 말했다. "옆에 숱이 너무 많아서 좀 치셔야 할 것 같아요." "…제가요?" 황당했지만 기분은 썩 나쁘지 않았다. 원효대사의 해골물처럼 머리털도 상황에 따라 다르게 보이나 보다. 그렇게 빈손으로 집에 돌아가는 길, 시원한 봄바람이

불어 숨을 크게 들이마셨다. 그리고 그 숨을 내뱉으며 작게 말했다. "걷기 딱 좋은 날씨네." 마음의 짐은 어느새 가벼워져 있었다.

5

Pillar

마음은 몸으로 지키는 게 사실이라면

무엇을 할래요?

일단 정해봅시다.

하는 건 나중이니까요.

남 기 지   않 으 면
받 게   되 는   벌

　　　　　"음식을 남기면 벌 받는다"라는 말은 우리 세대에게 꽤 강력한 정언명령이었다. 급식 때 잔반을 남기면 머리통을 맞고 돌아가 다시 먹어야 하는 시대였으니 벌 받는다는 말은 비유가 아닌 실제 사실이었을 거다. "아프리카의 아이들은 네가 남긴 밥 한 숟갈이 없어서 우는 거야." 선생님은 따끔하게 말씀하셨다. 남기는 건 사치라고. 그리고 나는 그 말에 광적으로 집착하는 열한 살의 초등학생이었다. 뱃속에 빈 공간을 남기는 것은 식사에 대한 예의가 아니었다. 매일 점심 배가 터질 때까지 음식을 욱여넣고 어른처럼 말하는 게 좋았다. "아~ 잘 먹었다." 문제가 된 것은 그로부터 16년이 지난 뒤였다.

이제 갓 3년 차 스타트업에 입사한 나의 평균 퇴근 시간은 밤 11시 30분이었다. 일이 그때 끝나서는 아니었다. 그때라도 돌아가지 않으면 막차를 놓치기 때문이었다. 강제는 아니었다. 그냥 일이 좋았다. 해도 해도 질리지 않을 만큼. 처음 받게 된 정직원 사원 표와 개그 코드가 잘 맞는 동료, 서툴지만 나름 성장하는 회사까지. 나는 급발진하는 문제 차량처럼 쉬지 않고 직진했다. 출퇴근 시간도 아까워 결국 숙소 생활까지 했을 정도이니 그야말로 일에 미친 사람이었다 할 수 있겠다.

그때쯤 내 평균 퇴근 시간은 새벽 2시가 되었다. 옆자리의 동료는 말했다. "태수 씨랑 같이 있으면 제가 노력을 안 하는 사람 같아요." 동료는 매일 밤 11시에 퇴근했다. 그때 끝나서가 아니라 막차를 타야 해서. 한 달 뒤, 동료는 퇴사를 결정했다. 4명이던 인원이 3명이 되었다. 회사 전체에 개선이 필요한 시점, 우린 강제로라도 칼퇴를 하기로 결심했다.

해가 떠 있는 시간에 퇴근하는 건 의외로 기분 좋은 경험이었다. 집에 돌아가 씻고 방에 누웠는데도 미니 시리즈를 볼 시간이 있다니. 잘 살고 있다는 기분이 들었다. 그런데 일주일이 지나자 그 기분은 점점 찝찝함으로 뒤바뀌어갔다. 마치 잔반을 남긴 날의 씁쓸함 같달까. 퇴근을 해도 체력이 남아 있는 것은 뒷맛이 좋지 않은 경험이었다. "남기는 건 사치야." 선생님의 말씀이 떠올랐다. 나는 내가 더 이상 열심히 살고 있지 않은 것 같았다. 숙소로 돌아가게 된 경위였다. 돌아간 그곳에는 이미 몇 명이 더 와 있었다. 나는 빠르게 퇴근 시간을 다시 새벽 2시로 되돌렸고 2년 뒤, 퇴사를 결심했다. 더 이상 일할려야 일할 수 없는 상태였다.

그 시절, 나는 프로가 되고 싶었다. 마치 주어진 음식은 남김없이 쓸어 먹는 열한 살의 아이처럼 내게 주어진 일은 남기지 않고 해결하는 어른이 되고 싶었다. 차이가 있다면 일은 음식처럼 기다린다고 소화가 되어주지 않는다는 것뿐. 넘치는 일을 소화시키기 위해선 기필코 움직여야 했다. 그래서 스스로를 갉아가며 일했다. 그땐 그걸 몰랐다. 내가 되고 싶었던 프로의 모습은 결코 그런 것이 아니었는데. 진짜 프로란 일 때문에 삶을 갉아 마시는 사람이 아니라, 일도 삶도 균형 있게 지킬 줄 아는 사람이었을 텐데 말이다. 나는 음식도 삶도 남길 줄 모르는 어딘가 고장 난 어른이었다.

어린 시절 선생님은 말씀하셨다. "본인이 선택한 건 본인이 책임질 줄 알아야 하는 거야." 나는 그 뜻을 지나치게 잘 이해하고 자라 너무 많은 것을 책임지려 하는 어른이 되어버렸다. 꿀밤이 두려워 잔반을 삼키던 아이는 16년을 자라 번아웃이 올 때까지 일을 삼키는 어른이 되었다. 그 시절 우리가 배워야 했던 진짜 책임감이란 무엇이었을까. 아마도 일도 음식도 어떻게든 참고 욱여넣는 무모함이 아니라, 애초에 먹을 만큼 풀 줄 아는 지혜가 아니었을까.

6
Pillar

책임감에 대해 다시 정의해봅시다.

내가 생각하는 책임감은 무엇인가요?

꿈

현실에도 깨고 싶지 않은
꿈은 있다

영원히 이루고 싶지 않은 꿈이 있다. 이뤄버리면 더 이상 바랄 게 없어져 오히려 허망해지는 그런 꿈말이다.

2017년 열심히 쓴 첫 책에 남겨진 피드백은 혹평이었다. 뻔하다. 유치하다. 끝까지 읽기가 힘들다. 이제 막 완성된 초고에 남겨진 피드백은 모두 표준어. 웬만한 비속어보다 몇 배는 찰진 타격감을 보유한 표준어들이었다. 거기엔 어떠한 감정도 없었다. 개인적인 감정이나 평가가 완벽하게 거세된 사실처럼 느껴져서 어떻게 해도 변할 것 같지 않았다. 나름 단단하게 준비한 멘탈은 정갈하게 다져진 표준어로 한 시간을 넘게 두들겨 맞으니 걸레짝이 되었다. 차라리 날 죽이라는 말이 목 끝까지 나올 때쯤 피드백 시간은 끝났다. 그래도 양심들은 있었다. 한 분 두 분 자리를 일어났고 마지막으로 남은 분이 이 말을 남기며 떠났다. "그래도 글밥은 있어요." 묘했다. 이건 밥일까 엿일까. 그분은 자신을 작가라고 소개하며 웃었다. 아무래도 엿이었나 보다. 마지막으로 버티고 있던 멘탈 기둥 하나가 우두둑 부서졌다.

집에 돌아가서는 씻지도 않고 그대로 소파에 누웠다. 멀쩡히 돌아온 것만으로도 기적이라 말해줘라. 위로가 필요했다. 그래, 위로. 나는 딱히 이유를 생각할 틈도 없이 OTT 앱에서 영화〈토이 스토리〉를 틀었다. 벌써 다섯 번은 넘게 본 영화지만 그날은 유독 더 슬펐다. 영화의 마지막 즈음 주인공 버즈가 말했다. "이건 날고 있는 게 아니야. 멋지게 추락하는 거지." 그 말을 듣고 혼자 작게 울었다. 나는 멋지게 추락하지도 못했다. 우당탕탕. 비 오는 날 돌부리에 걸려 크게 넘어진 사람처럼 조롱 혹은 동정 거리로 추락했다. 그날은 그렇게 잠들었다.

사실 〈너의 이름은〉을 볼 때도 〈센과 치히로의 행방불명〉과 〈소울〉을 볼 때도 비슷한 감정을 느꼈다. 만화 영화란 어린이보다 어린이고 싶은 어른들을 위한 영화인 것인지, 볼 때마다 마음속에 숨어 있던 순수함을 꺼내 눈가를 간지럽혔다. 너에게도 아직 이런 감정이 남아 있다고. 그런 감정들은 하나둘 모여 나도 모르게 이런 문장으로 완성되었다. '나도 죽기 전에 저런 영화 한 편 만들어보고 죽고 싶다.' 그건 31년 만에 생긴 꿈다운 꿈이었다. 초등학교 시절부터 취업 시즌까지 때려죽여도 나오지 않던 꿈은 아무도 궁금해하지 않을 나이가 되어서야 툭 하고 나왔다. 인생이란 퍽 얄궂은 면이 있다.

꿈을 이루기 위해 해야 하는 일은 뭘까. 노력하는 것. 그것이 운동이 되었든 예술이 되었든 직업이 되었든 무언가를 이루기 위해 우린 움직여야 한다. 그런 이유에서 한 친구는 애니메이션 학원에 다녀보라고 조언했다. 또 한 친구는 오르지 못할 나무는 쳐다도 보지 말라고 조언했고. 다 괜찮았다. 애초에 오를 생각이 없다면 가급적 높은 나무가 더 보기 좋은 법이었다. 나는 꿈을 꾸고 싶은 거지 이루고 싶은 게 아니었다. 위인들의 말처럼 꿈을 꾸는 삶이 정말 행복한 삶이라면 그걸 오래도록 잃고 싶지 않았다. 이루지 않으면 잃을 일도 없었다. 비겁한 아저씨의 변명이라 욕할지도 모르지만 뭐 어쩌겠나. 인생이란 원래 자기만족인걸. 나는 꿈을 꾸고 있는 내가 좋았다.

어느 한 작가는 첫 소설을 출판사에 넘긴 후 범람하는 허무함에 그대로 주저앉았다고 한다. 영원할 것 같던 일상의 목적을 잃어버린 느낌이라고 해야 할까. 거기엔 빈 공간만 남아 있었다. 배부른 공복감이었다. 그런 의미에서 사실 성취란 무언가를 이뤘다는 의미도 되지만, 반대로 잃었다는 의미도 될 것이다. 무엇이 되었든 이루게 된 순간 그 꿈은 사라지고 없으니까. 더욱이 또 다른 꿈은 그렇게 쉽게 찾아오는 것이 아니니까. 그래서 꿈의 성취는 꿈의 상실만큼이나 사람을 공허하게 만드나 보다. 비록 그 둘을 바라보는 사회적 시선에는 많은 차이가 있을지 몰라도, 허무란 공평하게도 양쪽 끝 모두에게 찾아오기 때문이다. 성공한 사람들만의 우울이 생기는 이유는 그 때문일 것이다. 나는 그러한 이유로 꿈을 이루고 싶지 않다. 내가 애니메이션 감독이 된 모습을 매일 밤 찾아오는 기분 좋은 꿈으로 남겨두고 싶다. 어린아이처럼 계속 꾸고 싶다. 꿈을 이룬 사람은 못 되어도 꿈이 있는 사람으로 남고 싶다. 그게 끝끝내 상상으로 마무리될지라도, 오늘도 내일도 즐겁게 꿈을 꾸며 잠을 이루고 싶다.

7

Pillar

이루고 싶지 않은 꿈이 있나요?

현실성 따위는 잠시 옆에 치워놓고요.

꿈을 꾸기만 해도 즐거워진다면

그거야말로 가치 있는 일이잖아요.

듣 기 평 가 에   약 한

한 국 인

매주 수요일 아침, 아내를 회사에 데려다 준다. 그때마다 아내와 함께 라디오를 듣는데, 유독 귀에 맴도는 광고가 하나 있었다. 한 제약회사의 광고로 내용은 이랬다. "예부터 몸에 좋은 약은 잘 듣는 약이라고 했습니다. ○○제약도 여러분의 건강을 위해 잘 듣겠습니다." 평소 같으면 그렇구나 하고 넘어갔을 광고에 그날따라 무슨 바람이 든 건지 묘한 생각이 하나 들었다. '근데, 마음에 좋은 약도 잘 듣는 게 중요한 거 아닌가?'

2020년 OECD 발표에 따르면 우리나라의 우울증 지수는 세계 1위라고 한다. 거기다 우울증 관련 병원 방문율은 4%.

감기만 걸려도 먹는 항생제 사용률이 전 세계 3위인 것을 보면 어딘가 비대칭적인 상황처럼 느껴진다. 우울증은 마음의 감기라는 말이 나온 지 족히 10년은 지난 것 같은데 그 말은 여전히 우리의 일상에 충분히 녹아들지 못하고 있다. 이유가 뭘까? 단순히 정신과 상담이 비싸서가 전부는 아닐 것 같다.

주변 친구와 가족, 선배에게 고민 상담을 하다 보면 가장 많이 듣게 되는 말이 있다. "뭘 그런 거 갖고 그러냐." "야, 너는 힘든 것도 아니야." 둘 중 어떤 방향으로 흐르든 내 고민을 인정받는 것은 꽤나 어려워 보인다. 설명하고 또 설명해서 고민을 인정받으면 그나마 다행이지만 슬프게도 대부분의 이야기는 본론을 꺼내기도 전에 라떼로 시작하는 강의를 수강해야 한다. "야, 라떼는…" 고민 상담은 고생 강의로 이어진다. 이게 하나의 이유일지도 모른다고 생각했다. 어차피 말해도 안 들어주니까. 물론 나 살기도 바쁜 세상에서 남 고민까지 들어주는 건 벅찬 일일 테지만 다르게 생각해보면 성실히 받아줘야 하는 이유가 있다. 단순히 감성적인 이유가 아니라 합리적인 이유에서.

운동선수의 삶에서 가장 치명적인 것은 악플, 계약 해지, 기량 저하 같은 것이 아니라 부상이라고 한다. 기량이 떨어지고 악플을 받더라도 몸은 여전히 움직일 수 있다. 그런데 부상은 아니다. 부상은 운동선수의 삶을 어떤 방식으로든 정지시켜버린다. 일상 자체를 바꿔버릴 수도 있다는 말이다. 그렇다면 직장인에게 가장 치명적인 부상은 무엇일까. 아마 마음의 부상이 아닐까. 사람에 대한 환멸과 번아웃 등. 마음에 부상을 당한 직장인은 다시는 예전의 마음 상태로 되돌아갈 수 없다.

때때로 번아웃을 겪고 더 성장하는 영웅들의 이야기가 전해지기도 하지만 그건 극소수 사례에 가깝다. 그보다 몇 배는 더 많은 사람들이 번아웃 이전의 활력을 되찾지 못한다. 마치 부상으로 은퇴한 운동선수처럼 삶의 의미를 잃거나 방황하게 된다. 그나마 다행인 것은 마음의 부상은 다른 부상들에 비해 유독 예방이 쉽다는 점이다. 들어주는 것이다. 사람의 마음은 누군가가 들어주는 것만으로도 상당 부분 치유된다.

돌고 돌아왔지만 이게 우리가 회사 동료, 후배, 친구, 가족들의 고민을 들어줘야 하는 이유다. 어떤 형태로든 우린 그들과 함께 팀을 이루어 삶을 살아가는 동료 선수니까. 팀원이 살아야 나도 산다는 것은 비단 스포츠 경기만의 철학은 아닌 것이다. 물론 이 모든 고민을 의미 없게 만드는 강철 멘탈이라면야 좋겠지만, 더 단단해지는 과정 속에서 원래의 모습을 잃고 필요로서의 나만 남는 강철의 모습이 우리가 바란 삶은 아닐 것이다. 그냥 "힘들었겠네" 이 한마디면 된다. 들어준다는 가벼운 해결책으로 내 사람들이 마음의 부상을 당하지 않고 오래도록 삶이라는 경기에 참여할 수 있도록, 옆에서 도움을 받고 도움을 주면 된다. 그게 함께 팀을 이루고 사는 우리가 서로의 이야기를 들어줘야 하는 이유다.

삶이란 나 혼자 짊어지기엔 너무 무겁습니다.

그래서 서로가 서로의 기둥이 되어줘야 할지도 몰라요.

그런 이유에서 오늘은 할 게 없습니다.

그저 옆 사람의 이야기를 들어볼까요?

몰랐던 것을 알게 될지도 몰라요.

당신이 이 책을 읽으면서 그랬던 것처럼요.

사치

마 음 은 됐 고
이 젠 돈 으 로 주 세 요

       누구나 그렇듯 새해가 되면 거창한 목표 하나쯤은 세우게 된다. 영어 회화 마스터, 헬스클럽 PT 등록, 발성 학원 다니기. 나 역시 그동안 많은 목표를 세웠다. 그리고 버젓이 실패했다. 진정성이 부족했다고 해야 할까. 새해라는 이름의 거한 뽕이 들어찬 목표들은 며칠을 못 가 그 약발이 떨어져버리곤 했다. 그렇게 실패한 목표가 아마 서른세 개쯤 될 것이다. 내가 올해 서른셋이니 말이다. 이쯤 되면 뭔가 근본적인 측면에서의 변화가 필요했다. 올해는 조금 다른 목표를 세워보기로 했다. 이름하여 '작은 사치 프로젝트'. 작더라도 나만을 위한 사치를 부리자는 취지의 프로젝트였다. 작성한 사치 리스트는 이렇다.

1. 특별한 일이 있지 않은 한 운동을 거르지 않기

   (필라테스를 통한 거북목 & 허리 통증 교정)

2. 영양제 사는 데 드는 돈을 아까워하지 않기

   (최소 종합 비타민, 오메가3, 유산균…)

3. 매일매일 수분크림을 통한 주름 개선

   (늙는 건 한순간이니까)

4. 3개월에 한 번 치과를 방문하여 스케일링

5. 건강검진 미루지 않기

   (생을 미루고 싶지 않다면)

쓰고 보니 '이게 사치인가?'라는 생각도 들었지만 이건 분명 사치였다. 자신의 건강과 젊음을 관리하는 것보다 더 큰 사치가 요즘 우리에게는 많지 않을 거다. 아니라면 내 주변 사람들의 90% 이상이 거북목으로 고생하고 있진 않을 테니까. 쇠뿔도 단김에 빼라고 프로젝트를 결심한 지 일주일, 아내와 함께 고민하던 필라테스 수업을 등록했다. 1회에 7만 원. 생각보다 부담스러운 가격이었다. 하지만 액수는 그 대상에게 그만큼의 가치를 부여한다고 하지 않는가. 1회에 7만 원짜리 필라테스 수업을 듣게 된 이상 나는 그만큼 소중한 사람이 될 수 있었다. 선크림 사는 게 아까워 여름마다 시껌둥이가 되는 아저씨는 이제 안녕이라는 말이다.

운동 첫날, 아내와 나는 거북목과 일자목, 라운드 숄더와 측만증과 오다리 판정을 받았다. 그야말로 종합 선물 세트. 어쩌다 이렇게 되셨냐는 선생님의 말에 그냥 사느라 그랬다고 답할 수밖에 없었다. 이제부터는 달라져야 했다. 나는 나를 소중히 하기로 했다. 마음으로가 아니라 돈으로. "조금만 더 기다려봐. 언젠가는 다 보상받을 거야"라는 말로 스스로를 부려 먹는 악덕 사장 같은 짓은 이제 그만하기로 했다.

필라테스를 하고 치과 치료를 다니고 영양제를 두둑이 사둔 지 어언 2개월. 변화는… 딱히 없었다. 거북목도 라운드 숄더도 아직은 제자리를 지키고 있다. 굳이 변화라고 할 만한 게 있다면 남들이 나를 대하는 태도가 달라졌다는 것이었다. 의미 없는 전화에 "미안, 나 운동 중이야" 하고 끊어도 아무도 뭐라 하지 않았다. 내가 나를 위해 시간과 돈을 들이는 것이 남에게도 전달이 되는 걸까. 내가 나를 소중하게 대하니

남도 나를 어느 정도는 그렇게 대해줬다. 낯간지럽지만 "너처럼 살아야 되는데"라는 말을 두어 번 정도 듣기도 했다. 오랜 시간 스스로에게 투자하는 사람들을 애송이라며 무시했는데 그게 문제였다. 나조차도 나를 소중히 대하지 않으면서 남이 나를 소중히 대해줄 거라 기대했다. 내가 그동안 모두에게 쉬웠던 이유다. 아무렇게나 널브러진 물건에서 의미를 발견해줄 사람은 이 세상에 없었다.

살다 보면 그런 사람들을 만날 때가 있다. 아무리 일이 넘쳐도 건강검진을 거르지 않고, 지칠 때일수록 시간을 내 운동을 하며 체면보다는 내면을 챙기는 데 돈을 더 투자할 줄 아는 사람들. 워라밸이 중요해서, 열심히 살아도 남는 게 없으니까. 이 행동의 이유엔 여러 가지가 있겠지만 사실 가장 중요한 이유는 이거였다. 작더라도 일상을 계획하고 지켜내는 것이 내 삶에 대한 값어치로 이어지기 때문이다. 그건 나에게도 남에게도 적용되는 이야기였다. 마카롱은 맛있어서 5,000원이기도 했지만, 5,000원이어서 더 맛있게 느껴지기도 했다. 내가 나를 어떻게 생각하는지는 고스란히 남에게도 전달되었다.

작은 사치란 말은 팍팍한 일상에서도 포기하고 싶지 않은 가치가 있다는 말과 같을 것이다. 그리고 내가 내 인생에서 포기하지 말아야 했던 것은 사실 나 자신이었다. 낯부끄럽게도 이 깨달음을 얻기까지 참 오래 걸렸다. 정말 아까워해야 했던 것은 1회 7만 원인 필라테스 비용이 아니라 체면치레하느라 날렸던 수많은 술값이었다는 사실도 말이다. 만약 사치스러운 사람의 의미가 누구보다 나를 소중히 할 줄 아는 사람이라면, 아마 나는 그 정도의 사람까지는 될 수 없을 것이다. 다만 작은 사치 정도는 부릴 줄 아는 사람으로 남고 싶다. 나에겐 딱 그 정도면 된다.

9
Pillar

말로만 하지 말고 내가 소중하다면 보여주세요.

나를 위한 작은 사치 리스트를 적어봅시다.

나도 남도 알 수 있게요. 내가 가치 있는 사람이라는 걸.

어떤 어른이
되고 싶나요?

Fuck you. 1999년의 여름밤, 할머니는 나에게 중지를 날렸다. 정확했다. 숫자를 둘까지 세는데 실수로 검지부터 접은 것도 아니고, 수어로 뵈 산자를 보여준 것도 아니었다. 할머니는 대쪽같이 중지만 폈다. 그러곤 말했다. "퍽큐여." 누나는 박장대소했다. 나는 입도 벙긋하지 못한 채 얼굴만 시뻘겋게 달아올랐다. 여름이었다.

돌이켜보면 할머니는 28년생답지 않은 얼리어답터였다. 할아버지는 끝끝내 적응하지 못했던 리모컨을 고작 일주일 만에 독파하는가 하면, 여든이 다 되어 장만한 핸드폰에도 무리 없이 적응했다. 최근에는 돌잡이 증손주의 동영상을 받기 위해 카톡까지 연습 중이시니 말 다 했다. 물론 하다 하다 결국엔 실패했지만 말이다. 아마 그런 할머니였기에 궁금했을 것이다. "소라야, 그게 뭔 뜻이냐?" "할머니, 뭐?" 누나는 답했다. "그거 네가 맨날 태수헌테 가운뎃손가락으로 하는 거" 누나는 잠시 뜸 들이다 말했다. "아, 이거 퍽큐! 좋은 거야. 할머니도 얘한테 해봐." 할머니의 주먹감자가 나에게로 날아온 사연이었다. "태수야, 퍽큐여." 동갑내기처럼 웃고 있는 누나와 할머니를 보고 있자니 나도 웃지 않을 수 없었다. 그날 할머니는 몇 번이고 우리에게 주먹감자를 날렸다. 철없이 웃는 누나와 내 모습이 보기 좋았나 보다. 다행히도 뒤늦게 뜻을 알게 된 후로 다시는 그 욕을 쓰지 않았지만 말이다. 할머니는 그렇게 5년 뒤에도, 10년 뒤에도 우리에게 멈추지 않고 물어왔다. "얘, 그게 뭔 뜻이냐?"

언젠가 '멋지게 늙는다는 건 뭘까?'에 대해 친구들과 이야기한 적이 있다. 30대가 넘은 아재들답게 대부분은 돈 얘기로 국한됐다. 늙어서도 자식에게 손 벌리지 않는 사람이 되어야지. 아쉬운 소리 안 하고 용돈을 줄 수 있는 게 멋지지 않겠냐. 그냥 작더라도 내 가게 하나 하면서 살고 싶다. 모두 멋진 사람이었지만 나는 좀 다른 사람이 되고 싶었다. 나는 할머니 같은 노인이 되고 싶었다. 언제든 이해되지 않는 것 앞에서 스스럼없이 물어올 줄 아는 사람. 손주 앞이든 자식 앞이든 나이라는 벽을 거침없이 허물고 같이 웃고 함께 대화하려 하는 그런 노인 말이다.

어린 시절 누나와 말다툼을 한 날이면 할머니는 말했다. "친구든 애인이든 누나든. 누구든 간에 싸울 땐 싸우더라도 꼭 물어봐가면서 싸워라, 너. 왜 그러냐고, 왜 뿔이 났는지 말 좀 해달라고. 그러면 참 이상한 것이 그 말들이 잠자기 전에 머릿속에 꼬옥 남는 거야. 주렁주렁 포도 열매처럼 남아서 잠자기 전에 하나씩 따 먹다 보면 조금씩 조금씩 이해가 되는 거지. 고넘들이 왜 그랬는지. 왜 저딴 걸로 화를 냈었는지. 그러니께 화가 나고 이해가 안 갈수록 꼭 물어봐. 왜 그러냐고. 그럼 신기한 것이 속이 터지도록 답답해도 밉지는 않아."

요즘은 이해보다 무시가 쉽다. "요즘 애들은 뭔 생각으로 사는 건지 모르겠어." "냅둬. 꼰대잖아." 한 번의 안 좋은 일로 인한 경험이 편견이 되어 사람에 대한 이해를 포기하게 만든다. 그래서 어른이 되어서도 타인에 대해 궁금해한다는 건 그 말뜻 이상으로 어려운 일인 것 같다. 가족들의 마음마저 미리 정해놓고 창피를 당하고도 내가 그걸 어떻게 아냐며 변명하는 것이 우리에겐 더 쉬운 일이니까. 나는 그런 어른으로 남고 싶지 않다. 마음만이라도 "너는 원래 그래"라는 말이 아닌 "너는 그래?"라고 궁금해할 줄 아는, 그런 할아버지가 되고 싶다. 어른이라는 말 뒤에 숨겨진 거리감을 뚫고 그 사람에 대해 혹은 그 시대에 대해 궁금해하는, 그런 노인으로 자라나고 싶다.

10
Pillar

한 가지만 정해봅시다.

어떤 어른이 되고 싶나요?

혹은 어른이 되어서도 잃고 싶지 않은

나의 모습이 있나요?

돌 연 변 이 를 없 애 는
유 일 한 방 법

고대 로마시대 때부터 간지럼은 고문으로 활용되었다. 묶어놓은 발바닥을 소금물에 절인 뒤 염소가 핥게 하는 방식은 2001년 〈유럽 중세부터 현재까지의 고문과 사형 도구〉라는 논문에 실릴 정도로 극악의 형벌이었다. 절인 발바닥은 까끌까끌한 염소의 혀에 의해 살갗이 벗겨졌다. 벗겨진 발바닥은 다시 소금물에 절여졌고 이 과정은 끊임없이 반복됐다. 나중에는 고통마저 사라져 고문실 안에 남는 것이라곤 웃음 섞인 비명밖에 없었다. 웃다가 죽는 것이다. 그런데 이런 역사적 사실에도 현대 사람들은 간지럼을 단순한 장난의 하나쯤으로 여기고 있으니 개탄스러운 노릇이 아닐 수 없다. 내가 이토록 성토하는 이유가 있다. 바로 내가,

간지럼에 극도로 취약한 사람이기 때문이다. 음흉한 미소와 함께 나를 간지럽힐 참이라면 아서라. 내가 가진 모든 것을 주겠다.

예민보스라는 말은 이제 근 보통명사가 된 단어다. 극도로 예민한 사람을 풍자하기 위해 탄생한 단어로, 나로 말할 것 같으면 그냥 예민보스도 아닌 빅보스다. 누구든 허락 없이 내 몸에 손대는 것이 싫다. 친구끼리 하는 어깨동무도 끔찍하고 뭐가 묻은 것 같다며 다가오는 가족들의 손길도 곤란하다. 사내새끼가 왜 이렇게 예민하게 구냐는 비아냥을 들어도 어쩔 수가 없다. 간지럽다. 정말 너무너무 간지럽다. 낯도 몸도. 매번 항의하지만 간지럼은 나에게 고통이다. 아무도 공감해주지는 않지만 말이다. 돌아오는 건 별꼴이라는 표정뿐이다. 그래서일까. 가끔은 내가 돌연변이라는 생각도 든다. 손짓 하나에도 소스라치게 놀라 1m는 달아나버리는 어딘가 골려주고 싶은 돌연변이. 그나마 다행인 것이 하나 있다면 돌연변이가 되어야만 알 수 있는 사실도 하나 있다는 것이다. 세상에는 나 말고도 수많은 돌연변이가 있다는 사실.

내가 간지럼에 취약하다면 아내는 고통 그 자체에 취약한 사람이다. 지나가다 식탁에 툭 부딪혀도 새파란 멍이 들고 작은 가시랭이 하나에 생채기가 난다. 아마 스쳐도 사망이란 말이 허용될 수 있는 유일한 인류가 아닐까 싶다. 그때마다 내 대답은 이랬다. "뭘 그런 것 가지고 그래." 가뜩이나 아픈데 한 소리까지 들은 아내는 더욱 풀이 죽어 말했다. "넌 아무것도 몰라." 돌이켜보면 참 부끄러운 일이 아닐 수 없다. "사내 새끼가 뭘 그렇게 예민하게 구냐." 십수 년간 나를 괴롭혔던 그 말과 똑같은 의미의 말을 염치도 없이 아내에게 하고 있었다. 차별 속에 자란 사람은 어른이 되어 차별을 대물림한다더니 내가 딱 그 꼴이었다. 불쾌한 깨달음이었다. 다행인 것은 그러한 깨달음을 얻은 것이 나만은 아니었다는 사실이다.

영화 〈엑스맨 : 퍼스트 클래스〉는 인간과 돌연변이들의 비극적인 갈등을 다룬 영화다. 돌연변이들은 인간 위에 군림하기 위해 계획하고, 인간들은 호의적인 돌연변이들까지 이용해 돌연변이 자체를 멸족하려 한다. 돌연변이는 인간에게, 인간은 돌연변이에게 위협이 된다. 슬프게도 다름이란 그 자체로 어딘가 께름칙한 특성이기 때문이다. 결국 영화는 좁힐 수 없는 평행선을 달리다 애매한 결착 상태로 막을 내린다. 궁금하면 다음 시리즈를 봐야 했다. 조용히 영화관을 나서며 생각했다. '인간이 과연 돌연변이를 없앨 수 있을까.' 죽일 수도 없고 이길 수도 없고, 그렇다고 함께할 수도 없는데. 고민에 대한 답은 6년 뒤 같은 시리즈의 영화 〈로건〉을 본 뒤에야 내릴 수 있었다.

영화에서 인간과 돌연변이의 갈등은 여전히 심각했다. 심지어 갈등은 대를 거듭해 이어져 더 변질되어만 갔다. 이번 영화에서도 결국 인간은 돌연변이를 없앨 수 없었다. 왜냐하면 돌연변이를 없앨 수 있는 유일한 방법은 그들을 돌연변이라고 바라보지 않는 것이었으니까. 최초의 돌연변이들이 원했던 것은 싸우는 것이나 이기는 것이 아닌 같은 사람으로서 함께 사는 것이었다. 피부색이 어떻든 사는 방식이 어떻든. 어떤 것에 아프고 어떤 것에 슬프든. 틀리다고 바라보지 않는 방법만이 우리 주변의 돌연변이들을 없앨 수 있었다. 그리고 함께 살아갈 수 있었다. 이게 두 영화를 보고 내가 내린 답이었다. 가장 간단하지만 가장 어려운 방법이었다.

세상에는 정말로 많은 돌연변이가 있다. 간지럼을 많이 타는 돌연변이도 있고 쉽게 다치는 돌연변이도 있고 유독 덩치가 큰 돌연변이가 있는가 하면 화가 자주 나는 돌연변이 역시 있다. 사회적으로 인정받는 돌연변이와 그렇지 못한 돌연변이가 있을 뿐 실은 77억 인구 전체가 다 돌연변이일지도 모른다. 만약 정말로 그렇다면 돌연변이라는 말을 이렇게 바꿔 불러도 문제가 없을 것이다. 개성. 누군가는 여럿이 함께 사는 사회에서 모두가 자기 개성대로 살아갈 수는 없다고 말할 테지만 그렇다고 모든 걸 다 고쳐야 할 필요도 없을 것이다. 애초에 고칠 수 없는 개성이 더 많고. 그래서 개성에는 지적보다 이해가 더 필요하다. 자신에게도 타인에게도 말이다.

그간 간지럼을 많이 타는 내가 짜증 났던 순간이 한두 번이 아니다. 쉽게 다치는 아내를 고치고 싶었던 순간들도 많았다. 그런데 그건 어쩔 수 없는 일이었다. 우린 그렇게 태어난 거다. 그걸 바꾸기 위해선 나의 모든 것을 부정해야 하는데, 그렇게 해서까지 얻어야 하는 가치가 있다고 나는 믿지 않는다. 슬프게도 고칠 수 없는 개성 앞에서 우리가 할 수 있는 일은 미워하는 일밖에 없었다. 나도 남도. 남을 싫어하는 건 힘든 일이다. 그런데 나를 미워하는 건 더더욱 힘든 일이다. 그런 힘든 일을 누군가에게 권하고, 권함받고 싶지 않다. 그러니 고치고 싶어도 고칠 수 없는 모습 앞에 부디 개성이라는 이름표를 붙여주자. 나만이라도. 내 사람들에게만이라도. 세상에는 의외로 문제 삼지 않으면 사라지는 문제들도 많다.

11
Pillar

고칠 수도 없고, 고쳐서도 안 되는

나만의 개성을 적어봅시다.

남이 인정해주지 않는다고

나까지 인정하지 않을 필요는 없잖아요.

좋 아 하 는   일 을
계 속 하 기   위 해   꼭   필 요 한
것 이   있 다 면

        일 못한다는 말보다 농구 못한다는 말이 더 싫다면, 이거 병인 걸까?

    3월 23일 메모장에 적힌 글은 이랬다. 1) 오른쪽 다리 반보 앞으로. 2) 왼손은 공 위쪽을 잡아 눈썹 위에 위치. 3) 슈팅 핸드는 흔들리지 않게 고정. 무슨 소리이고 하니 농구 슛에 대한 메모였다. 중학생 때까지만 해도 농구 선수가 되고 싶었다. 그런데 빌어먹을 키가 안 컸다. 멸치를 웬만한 작은 고래 한 마리만큼은 먹은 것 같은데 키는 173cm에서 도통 자라나지 않았다. 좀 더 솔직히 말하자면 171.7cm였지만 말이다. 농구는 신장이 아니라 심장으로 하는 거라고 한 농구 선수는 말했다. 그런데 이 이야기의 진짜 의미가 신장이 작으면 심장이라도 커야 한다는 것을 알게 되기까지 그리 많은 시간이 필요하지 않았다. 그는 매 경기 평균 42.5분을 뛰어다니는 말 체력이었다. 하루 30분만 뛰어도 일주일을 앓는 나에게는 해당되지 않는 이야기였단 말이다. 자랑이던 달리기도 점프력도 점차 내리막길을 걸었다. 농구장에서 내가 할 수 있는 일은 하나둘 사라져만 갔다.

"저 사람 슛 없으니까 버려!" 그날은 참 끔찍한 날이었다. 동네 농구장에서 이제 막 20대가 된 대학생들과 농구를 하던 날이었는데 입버릇이 고약한 친구들을 만났으니 말이다. 변명 같지만 그때 난 만 2년 만에 다시 공을 잡았다. 처음 간 농구장에서 처음 본 사람들, 거기다 2년 만에 다시 잡는 공. 상식적으로 잘하기가 어려운 상황이었다. 그런데 봐라. 그런 사람의 면전에다 대고 버리라는 말을 하면 뭐 어쩌라는 거냐. 집에 가서 울라는 거냐 뭐냐. 없다 없다 했던 동네 정이 그토록 메말랐을 줄은 상상도 못 했다. 얄짤 없는 동네 문화에 내 멘탈은 적응할 시간도 없이 쪼그라들었다.

그 후로는 며칠 동안 잠을 설쳤던 것 같다. 고등학교 체육 대회에서 1회전 탈락했을 때나, 이제 막 농구를 시작한 친구에게 숏 내기를 졌을 때도 이러지는 않는데…. 아마 이런 기억들이 하나둘 쌓여 농구에서 멀어진 것 같다. 창피했다. 15년째 제자리인 내 실력이. 시간은 취미에도 의미를 부여하는지, 그토록 좋아하는 농구를 여태 못하는 나를 바라보는 게 이제는 좀 지쳤다. 그래서 요즘은 농구 하러 가는 게 싫었다. 나한테 또 실망할까 봐.

"좋아하는 일을 계속하기 위해 가장 중요한 것이 무엇인가요?"

지난 7월 방한한 토트넘 홋스퍼 선수들에게 어린이 기자가 한 질문이었다. 최선을 다하는 것. 매일매일 노력하는 것. 선수들은 나름의 마음을 담아 아이의 물음에 답했지만 어쩐지 와닿지가 않았다. 거기에는 현실감이 결여돼 있었다. 최선을 다한다고 모두가 좋아하는 일을 하며 살 순 없다는 걸 나는 알고 있었으니까. 당연히 꿈꾸는 아이에겐 굳이 말할 필요가 없는 내용이었지만 말이다. 해서 고민 끝에 내가 내린 결론은 이렇다.

평범한 우리가 좋아하는 일을 계속하기 위해 무엇보다 중요한 것은, 못해도 괜찮다는 믿음이다. 마음의 크기와 실력의 크기가 꼭 일치하지 않아도 된다는 믿음이 없다면 우리는 그 일을 취미로라도 유지할 수 없다. 내가 나를 안쓰럽게 바라보는 것만큼 견디기 벅찬 일은 없기 때문이다. 그러나 같은 의미로 겨우 남보다 못한다는 이유로 무엇보다 사랑했던 그 일을 포기하는 것만큼 미련한 일도 없을 것이다.

지난 15년 농구를 참 열심히 했다. 불 꺼진 코트 위에 혼자 남아 슛을 던지기도 했고 모두가 안 된다는 농구 선수를 한때나마 꿈꾸기도 했다. 그러나 안타깝게도 나의 농구 실력은 그 마음에 부응해주지 않았다. 슛은 언제나 제자리였고 근성만 있지 체력은 바닥이었다. 그래도, 그래도! 여전히 농구가 좋다. 지금도 농구 중계를 보면 가슴이 두근두근하고 응원팀이 패한 날은 하루가 넘도록 기분이 우울하다. 답답한 날은 집 밖으로 나가 공을 던지고 싶다는 생각이 가장 먼저 든다. 이 다채로운 순간들이 젊은 날을 넘어 앞으로의 인생까지도 차지해주길 바란다. 농구라는 취미가 너무 좋아서, 끝까지 하고 싶어서 이젠 인정하려 한다.

나는 농구를 좋아할 뿐이지 잘하지는 못한다.

이 한마디가 참 힘들었다.

꿈이 없는 것보다 취미가 없는 것이

더 슬플 때가 있습니다.

나를 즐겁게 해주는 취미가 있나요?

잘하지 못해도 상관없어요.

뷰 티 풀

색 안 경

라식 수술을 한 날, 세상에 이렇게나 많은 색이 있었는지 오랜만에 다시 깨달았다. 오래된 안경알에 비쳐 흩뿌려졌던 세상은 '사실 내가 이렇게 멋져'라는 기운을 온몸으로 뿜어내고 있었다. 나뭇잎은 이제 막 인쇄된 듯 진한 초록색이었다. 신호등은 그야말로 새빨갰다. 보는 재미란 이런 것인가. 나는 이제 막 태어난 송아지처럼 세상 구경에 여념이 없었다. 그리고 딱 3일이 지나 세상은 원래대로 돌아왔다. 눈에 익은 색들은 더 이상 빛을 발하지 못했다. '이래도 안봐?'라며 햇빛을 힘껏 머금어도 내 눈에는 어제 본 색일 뿐이었다. 분명 라식 수술한 다음 날은 이렇지 않았는데. 고작 이틀 만에 오늘은 어제와의 차이를 잃어버렸다. 형형색색으로

빛나는 회색빛 세상이었다.

　오래된 일이었다. 서른이 넘고 나서인지, 대학을 졸업한
후부터인지 기억나지 않지만 언제부턴가 세상은 내게 회색
이었다. 생소한 경험으로 잠깐의 심박수 상승은 있어도 반나
절도 못 가 이런 생각이 들었다. 집에 가고 싶다. 집에 가도 달
라질 건 없는데. 아쉽게도 마음의 눈은 몸처럼 수술할 수
없었다. 오래된 친구는 말했다. "야, 인생이 원래 그런 거야."
일리 있는 말이었다. 다만 그렇게 넘어가기엔 내 인생이 너
무 많이 남았다는 게 문제였다. 100세 인생에서 77년을 회색
빛으로 보낼 수는 없는 노릇 아닌가. 무엇이든 해야 했다. 눈
처럼 수술도 안 되는 마음을 되돌릴 무언가를. 묘안이 떠오른
건 그로부터 며칠 뒤였다. '그래, 수술이 안 되면 안경을 쓰면
되지! 내 하루의 색을 되찾아줄 색안경을!' 매번 느끼지만 언
제나 말은 쉽다.

　나는 사람을 잘 못 믿는다. 그것이 좋은 것이 되었든 나
쁜 것이 되었든, 꼭 그 안에 숨겨진 더 나쁜 면을 찾아내야 직
성이 풀리는 사람이다. 재미있는 드라마를 보면서도 언제나

PPL을 찾아 한국 드라마가 다 그렇지라고 말하는 사람인가 하면, 선한 행동의 이유에도 대부분 돈이 숨겨져 있다고 믿는 불신론자였다. 그건 꽃에 진 그림자를 보며 결국 어두운 면을 발견했다 냉소하는 바보 같은 행동이었다. 속칭 뻘짓이었다.

당연히 세상 모든 것에는 명암이 있다. 하지만 사람이 어두운 면만 꼬집어 보다 보면 문제가 하나 생긴다. 아무것도 믿지 못하게 된다는 것이다. 진심 어린 칭찬이나 별 뜻 없는 행동에도 혼자 이면을 만들고 실망한다. 이게 내 세상이 회색이었던 이유다. 사람을 믿지 못한다는 건 세상을 믿지 못한다는 것과 다름없는 이야기였으니까. 이쯤 되니 내게 필요한 색 안경이 무엇인지 알 것 같았다. 세상에 존재하는 선한 일을 있는 그대로 보고 믿는 것.

사람의 눈은 일곱 색깔 빛을 볼 수 있다고 한다. 빨주노초 파남보, 무지개. 나도 볼 수 있었다. 머리끝까지 뿔난 날은 세상이 온통 빨간색. 게임을 하다 밤샌 날은 눈앞이 노란색. 시원한 바람이 부는 초여름은 온 길이 다 초록색. 공포 영화를 본 날의 밤하늘은 새까만 남색. 다 볼 수 있었다. 그 많던 색이다 사라진 이유는 세상이 나빠서, 인생이 원래 그래서가 아닌 내가 게을러서일 것이다. 티브이와 뉴스에 나오는 안 좋은 소식만을 보며 세상은 썩었다고 생각했던 간편한 마음이 내 세상을 회색으로 만들었다.

이제는 좀 더 밝은 면을 보고 싶다. 칭찬을 있는 그대로 받아들이고 선한 마음은 의심하지 않고. 굳이 예쁜 양말 자수를 뒤집어 까면서까지 괴물처럼 보는 사람이 아니라, 예쁜 자수는 예쁜 그대로 보고 느낄 수 있는 사람이 되고 싶다.

마침 며칠 전 아내에게 귀엽다는 말을 들었다. 예전 같으면 멋있지는 않다는 소리인가 하고 또 뻘짓을 했겠지만 이젠 그냥 있는 그대로 그 칭찬을 받아들이기로 했다. 귀여운 건 그냥 귀여운 거다. 거기에 다른 의미는 없다. 어쩐지 세상이 조금은 밝아진 것 같은 기분이 든다.

13
Pillar

더 행복해지기 위해 만들고 싶은 가치관이 있나요?

없다면 오늘 하나 만들어봅시다.

회색빛 세상을 다르게 보기 위해

어떤 색안경을 만들고 싶나요?

혹시 약속을 잊은 건 아닌가요?

말했다시피 재건축은 오래 걸리는 작업이에요.

잠깐 여기서 멈추고 내가 만든
기둥들에 대해 떠올려봅시다.

부실하게 지은 기둥은 꼭 중요할 때 무너지는 법이죠.

Brick

인생은 결국
벽돌 쌓기

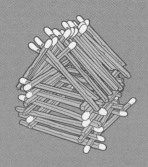

집을 완성하는 건 결국 벽돌이다.

언제 완성되나 싶은 건조물도
작은 벽돌들을 쌓다 보면 어느새 집이 되어 있다.

그리고 우린 그걸 습관이라고 부른다.

넌 나에 대해
아는 게 뭐야?

퀴즈1. 영국은 섬나라인가?

퀴즈2. 한국 전쟁이 일어난 연도는?

퀴즈3. 태양계의 행성을 순서대로 말해보자.

갑자기 이게 무슨 짓인가 당황스럽겠지만 요즘 유행하고 있는 상식 퀴즈라고 한다. 대학생 1,000명을 대상으로 한 조사에서 발표한 첫 번째 문제의 정답률은 30%. 두 번째 문제의 정답률은 23%. 그리고 세 번째 문제의 정답률은 14%였다. 반응은 두 가지로 나뉘었다. '진심 저것도 모른다고?! vs 아니, 저걸 꼭 알아야 해?' 첨예한 대립이었다.

초록창 사전에 '상식'이라는 단어를 검색했을 때 나오는 의미는 이렇다. "사람들이 보통 알고 있거나 알아야 하는 지식." 자연스러운 뜻풀이처럼 보이지만 한 가지 의문스러운 지점이 있다. '보통'이라는 것은 누가, 어떻게 정의할 수 있을까? 아닌 게 아니라 어린 학생들에게 있어 보통의 지식이란 BTS일 거다. 반면 60대 어르신들에게 있어 보통의 지식은 임영웅일 테고. BTS와 임영웅, 둘 사이에는 가수라는 공통점을 제외하곤 꽤나 큰 차이가 있어 보인다. 그건 감히 보통이라는 말로는 엮기 힘들 만큼 큰 격차일 것이다. 이뿐만이랴. 최근 많이 보는 프로그램부터 가장 관심 있는 시사 이슈, 사용하는 단어까지. 세대 전체를 아우를 수 있는 보통의 상식이란 건 이제 생각보다 더 먼 옛날의 이야기다. 그리고 이런 일은 비단 상식이라는 단어에만 국한돼서 일어나지 않는다.

'평범한 삶'이라는 단어는 많은 세대의 꿈이자 목표일 거다. 부족하지 않은 스펙으로 건실한 직장에 들어가 남들처럼 지내는 삶을 우린 평범한 삶이라는 편리한 단어로 정의해왔다. 문제는 이 '평범함'이란 놈이 나이와 위치와 상황에 따라 그 기준을 자유자재로 뒤바꾼다는 것. 오래된 동네 친구들과 있을 때만 해도 평범했던 내 삶이 잘나가는 동기들 앞에서는 평범하지 않은 삶으로 규정된다. 하물며 학년, 학교, 지역, 나이, 나라, 문화 등에 걸쳐 그 기준을 수시로 둔갑하니, 뉴턴 할애비가 와도 이 문제에 대해서는 쉽게 정의할 수 없을 것이다. 거기다 평범함의 기준이 천차만별이기에 일어나는 나비 효과도 하나 있었다. '뭐가 필요한지 모르겠으니까… 일단 있는 거 다 주세요!' 모든 기준을 다 갖추겠다는 마인드다. 결국 평범한 삶은 적지 않은 돈에 남들만큼 넓은 집, 잘 크는 자식과 함께 가족과의 시간까지 보낼 수 있는 비범한 삶으로 둔갑한다. 단어의 뜻과는 거리가 먼 일이다.

생전 뉴턴은 말했다. "나는 천체의 궤도는 계산할 수 있어도 인간의 광기는 계산할 수 없었다." 그 말처럼 상식, 보통, 일반적인, 평범한… 이런 단어들은 어딘가 사람의 마음을 홀리는 광기가 있다. 저 정도면 나도 가질 수 있을 것 같기 때문이다. 여전히 모두가 같은 프로그램을 보고 같은 신문을 읽고 비슷한 사람을 만나 거기서 거기인 이야기를 주고받는 시대였다면 가능한 생각이었을 수도 있다. 하지만 시대가 바뀌었다. 매 순간 시공간의 제약 없이 많은 사람과 이야기를 하고 만날 수 있는 지금 우리에게 평범함이라는 말은 오히려 평범하지 않게 들린다. 기준이 없기 때문이다. 애초에 있을 수도 없고. 때문에 요즘 우리에게 더 필요한 단어는 오히려 이런 것들이 아닐까. 나만의, 주관적인, 내가 생각하는. 기준이 내 안에 존재하는 그런 말들 말이다. 그렇다면 오늘날 우리가 풀어야 하는 진짜 상식 퀴즈는 이런 것일지도 모르겠다.

퀴즈 1. 분노한 나를 잠재울 음식 세 가지

퀴즈 2. 행복이 필요할 때 찾아가야 할 사람이 있다면?

퀴즈 3. 내가 생각하는 내 인생의 최대 가치 둘

분기마다 해야 하는 나 상식 퀴즈!

오늘은 다음 세 가지 퀴즈에 대한 답을 적어봅시다.

퀴즈 1. 분노한 나를 잠재울 음식 세 가지

퀴즈 2. 행복이 필요할 때 찾아가야 할 사람이 있다면?

퀴즈 3. 내가 생각하는 내 인생의 최대 가치 둘

누구나 내려가는
에스컬레이터를 올라가야
하는 때가 온다

"햇빛도 습관이다"라는 말이 있다. 나이를 먹고 일에 치여 살수록 햇볕을 쬐는 시간이 줄어들고, 결국 쉬는 날에조차 햇빛을 쬐지 않게 된다는 말. 물론 지어낸 말이다. 다만 요즘 우리 사회 사람들의 생활 습관을 들여다본다면 아직까지 아무도 하지 않았다 뿐이지 일견 일리가 있는 말처럼 들린다. 우리의 일상 속 빛은 점점 더 스마트폰과 노트북, 그리고 티브이에서 나오는 빛으로 국한되어가고 있다. 선라이트보다 블루 라이트에 더 익숙한 세대인 것이다.

학자들의 말에 따르면 햇빛의 역할은 참으로 다양하다. 식물에겐 광합성 즉, 밥이 되어주고 사람에게는 쬐는 것만으로도 비타민D라는 진귀한 영양소를 제공해준다. 이뿐만이랴. 신진대사 촉진, 혈관 확장, 백혈구 활성화부터 상처 치료와 통증 완화, 면역력 강화까지. 그야말로 천의 영양제다. 그런데 도대체 왜, 우리는 이토록 몸에 좋은 햇볕을 쬐는 일이 이리도 귀찮은 걸까? 나로 말할 것 같으면 솔직히 뭐가 좋아지는 건지 모르겠다. 백문이 불어일견이라고 귀에 못이 박히게 들어도 실제로 느끼지 못하면 알 수가 없는 것이다. 이제는 이해를 넘어 실감이 필요했다. 가뜩이나 까만 얼굴이 더 타기만 하는 것을 제외하고 햇빛을 맞음으로써 명확히 몸이 더 건강해지고 있다는 감각 말이다.

"20대 후반부터의 건강 관리는 내려가는 에스컬레이터를 오르는 것과 비슷해요."

처음 이 비유를 들었을 때 당최 뭔 소린지 알 수가 없었다. 생각해봐라. 누가 그런 쓸데없는 짓을 한단 말인가. 하지만 더 이상 커피로도 잠을 깨울 수가 없고 누워만 있어도 지치는 순간이 오게 되자 알 것 같더라. 내 몸은 하루가 다르게 추락하고 있었다. 끊임없이 내려가는 에스컬레이터 위를 오르기는커녕 남보다 더 빠르게 활강하고 있었던 것이다. 문제는 햇빛이 아닌 나였다. 내 몸은 햇빛을 하루 종일 쬔다고 뭐가 나아질 상태가 아니라 더 나빠지지 않는 것만으로도 감사해야 하는 상태였다. 슬픈 깨달음이었다. 그런데 잠깐, 이거 왠지 데자뷔같이 익숙한 깨달음이 아닌가. 그렇다. 영양제 챙겨 먹기, 물 많이 마시기, 한 시간마다 스트레칭 하기 등등. 의사들이 하라는데 도통 왜 해야 하는지 알 수가 없던 몸 관리의 대부분은 사실 건강이 좋아지기 위해서가 아니라 지금보다 더 나빠지지 않기 위해 해야 하는 최소한의 방어책이었다. '나빠지지 않는 것만으로도 좋아지는 거야.' 몸 관리의 대명제를 바꿔야 하는 순간이었다.

고대 그리스 신화에 등장하는 시시포스는 무거운 돌덩이를 끊임없이 언덕 위로 밀어 올리는 죄수다. 이는 살인과 사기, 기만 등 생전에 진 죄를 뉘우치게 하기 위해 신들이 내린 형벌이라고 한다. 같은 상황은 아니지만 어쩌면 나도 10대와 20대 때 젊음만 믿고 굴린 내 몸에게 벌을 받는 중인지도 모르겠다. 단순히 어제보다 더 내려가지 않기 위해 매일같이 물을 마시고 햇볕을 쬐고 스트레칭을 해야 하니 말이다. 그러나 시시포스가 신들에게 반항할 수 있는 유일한 수단이 이 상황을 즐기는 것이라고 하듯 나도 내려가는 에스컬레이터 위의 삶을 나쁘지 않게 받아들이기로 했다. '내일도 딱 오늘만큼만 피곤하기를'이라는 즐거운 슬로건으로 오늘도 돌덩이 같은 거북목과 라운드 숄더, 그리고 짙은 다크서클을 이고 이렇게 말하겠다.

"피곤한데 시원한 냉커피에 햇빛 한잔 할래요?"

2

Brick

더 나빠지지 않기 위해 해야 하는

최소한의 몸 관리를 적어봅시다.

그리고 해봅시다.

매 주 토 요 일 6 시 반

가 볍 게 무 한 도 전

단어에는 저마다의 무게가 있다. '낮잠'처럼 가볍고 포근한 단어가 있는가 하면 '재난'처럼 듣는 것만으로 가슴이 짓눌리는 단어도 있다. 물론 같은 단어라도 사람마다 느끼는 무게는 천차만별일 것이다. 매사 즐거운 어린이와 직장인에게 월요일이라는 단어는 서로 다른 무게로 다가올 테니 말이다. 나에게도 그런 단어가 있다. 바로 '도전'이다. 내게 있어 도전이란 지나치게 무거운 단어였다. 영국 전설의 검 엑스칼리버가 아서 왕에게만 자신을 허락했듯 내게 있어 '도전' 역시 그 주인이 따로 있는 말 같았다. 당연히 그 주인이 나는 아니었고. 적어도 2019년도까지는 그랬다.

2020년 〈아무노래〉 챌린지는 대한민국 국민들의 도전 의식을 그 어느 때보다 고취시켜주었다. 당시 〈아무노래〉 챌린지 관련 영상만 틱톡에서 조회 수 8억 회를 기록했을 정도이니 남녀노소 불문 많은 사람들이 도전에 참여했다고 볼 수 있다. 당연하게도 그 안에 나는 없었다. 불현듯 이건 해볼 만하겠다는 생각도 들었지만, 도전이란 그렇게 쉬워지면 안 되는 것이었다. 그래, 그랬어야만 했다. 하지만 별안간 3개월 뒤, 나는 카메라 앞에 서 있었다.

"이제 찍는다?" 아내와 나는 당시 유행하던 싹쓰리의 〈여름 안에서〉 안무를 출 준비를 하고 있었다. 장소는 남해 독일마을 속 한적한 골목. 죽어도 못 한다는 나를 보며 아내는 말했다. "누가 보는 것도 아니고 뭐 어때. 우리만 볼 건데. 이것도 다 추억이잖아." 그렇게 넘어갈 수 있는 문제가 아니었다. 내게 있어 도전이란 그러면 안 되는 것이었다. 단순히 누가 보냐 안 보냐의 문제를 넘어 나를 구성하는 가치관의 문제였던 것이다. 아내는 말했다. "다음 주 주말에 친구들 만난다고 했지? 새벽에 들어와도 돼." 나는 그 자리에서 코웃음을 치며 반박했다. "팔은 이쪽부터 드는 게 맞겠지?" 나름 합리적인 거래였다.

철학자 프리드리히 니체는 말했다. 나를 죽이지 못하는 고통은 나를 더 강하게 만든다고. 그 말은 실제로 사실이었다. 그날의 내가 증명할 수 있다. 죽기보다 싫었던 챌린지 영상은 찍고 보니 또 별 게 아니었다. 어느 때는 몽돌 해수욕장에서 또 어느 날은 통영에서 그리고 마지막 날은 하동에서 카메라를 켜며 생각했다. '이번에는 마무리로 손가락 하트를 날려볼까?' 인식하지 못했지만 그 순간 나는 내가 그토록 바라왔던 도전이란 단어에 어울리는 주인이 되었다. 그것도 매우 남사스러운 주인이.

대학생 시절 학교 축제 노래자랑에 나가고 싶었다. 하지만 매해 나갈까 말까 고민만 하다 결국 나가지 못했다. 내가 할 수 있는 일이라곤 실력이 안 되는 참가자를 비웃는 것밖에 없었다. 거봐, 안 나가길 잘했지. 노래를 잘했든 잘하지 못했든 웃으며 내려오는 참가자들의 모습이 사실은 많이 부러웠으면서. 그 시절 내게 있어 도전의 제1조건은 실력이었다. 그래서 언제나 다음에, 다음에만 외치며 내년을 기약하다 결국 졸업할 때까지 무대에 오르지 못했다. 도전이라는 말과 가장 잘 어울리는 단어가 실은 '가볍게'였다는 사실을 그때는 몰랐다.

싹쓰리 〈여름 안에서〉 챌린지를 끝낸 지 어느새 2년이 지났다. 그리고 지금도 세상에는 수도 없이 많은 챌린지가 열리고 있다. 어떤 챌린지는 아이스 버킷 챌린지처럼 전 세계에 영향을 주는 거대한 도전이 되기도 할 거고, 또 어떤 챌린지는 정말 나만 아는 도전에서 끝나기도 할 거다. 누군가는 대학생 때의 나처럼 "거봐, 안 하길 잘했잖아. 괜히 비교만 당하는 거야"라고 말하며 혀를 찰 수도 있겠지만 이제는 안다. 사람을 더 도전하게 만드는 것은 완벽한 실력이 아닌 과거에 해온 도전의 양이다. 도전을 해본 사람이 또 도전을 한다. 그것이 크든 작든. 맞다. 도전이라는 말은 사실 그 어떤 말보다 가벼워야 하는 단어였다.

3

Brick

도전하는 사람은 늙지 않는다고 합니다.

매일매일 새로운 하루를 맞이할 수 있기 때문이라나요.

오늘은 매번 남사스럽다. 바쁘다는 이유로 미룬

작은 도전을 하나 계획해보면 어떨까요?

의외로 그것 하나 때문에 내일이 기다려질지도 몰라요.

한 때 히 어 로 였 던
직 장 인 A 의 이 야 기

성실한 사람일수록 더 많이 걸리는 병이 있다. 바로 '나 아니면 안 돼 병'. 이 병의 특징은 크게 보아 세 가지다.

1. 유독 성실한 사람들이 자주 걸린다.

2. 높은 중독성으로 한 번 걸리면 치유되기가 어렵다.

3. 걸린 사람은 스스로가 걸렸는지를 알지 못한다.

여기까지 들었을 때 머릿속에 떠오르는 사람이 한 명쯤은 있을 거다. 내 주변에도 그런 사람이 있다. 그의 부탁으로 이름을 거론할 순 없고 그냥 아는 사람의 이야기라고만 하겠다. 그는 3년 전 '나 아니면 안 돼 병'을 심각하게 앓아 현재까지도 그 병세를 완벽하게 회복하지 못하고 있다. 그의 삶은 병을 앓기 이전과 이후로 몰라보게 달라졌다. 이야기를 본격적으로 시작하기 전에 한 번 더 강조한다. 이건 분명 그냥 아는 사람의 이야기다.

직장인 A는 태생적으로 성실한 사내였다. 주변의 평가가 그랬다. 하지만 그의 삶을 조금 더 깊게 들여다보면 알 수 있었다. A의 성실함의 원동력은 인정 욕구였다는 걸. A는 인정받는 것이 좋았다. 무엇보다 능력을 인정받는 것이 좋았다. 그가 생각하기에 능력이란 평범한 일반인이 가질 수 있는 것 중 가장 부가가치가 높은 자산이었기 때문이다. 그의 퇴근 시간은 언제나 마지막이었다. 물론 자발적인 행동이었다. 당연하게도 상사들은 그가 이뻤다. "요즘 애들 같지가 않네." 그가 회사 생활을 하면서 가장 많이 들은 말이었다.

A의 경력과 능력은 자연스럽게 쌓여갔다. 그리고 그에 따라 더 많은 일을 부과받았다. 그 안에 게으른 상사와 못된 후

배의 일이 섞여 있음은 공공연한 비밀이었다. 그 과정에서 A 의 삶의 많은 부분이 파탄 났다는 사실까지도. A는 차츰 버거움을 느꼈다. 게으른 상사와 못된 후배가 나설 차례였다. "역시 A 씨는 다르네." "A선배는 천재 같아요." "A씨가 있는데 뭐가 걱정이야." A의 마음을 다잡는 건 쉬운 일이었다. 그저 인정해주면 되었다. 그런 말을 지속적으로 듣다 보면 누구라도 슈퍼 파워를 내고 싶어지는 것이 인지상정이었다. 아닌 게 아니라 직장인 A는 자신이 직장 내 슈퍼 히어로 같았다. 후배들은 존경했고 선배들은 칭찬했다. 그런데 그거 아는가? 슈퍼 히어로 영화에는 히어로의 일상이 나오지 않는다. 히어로는 언제나 빌런을 물리치기 위해 준비하고 맞서 싸우며, 무너진 도시와 사람들을 지킨다. 멋지지만 어딘가 께름칙한 플롯이다.

A에겐 일상이 없었다. 직장인으로서의 삶을 제외하고 나로서 보내는 시간이 일상이라면, A는 그 시간의 유무를 떠올리는 것조차 힘들 만큼 지쳐 있었다. 이 사실을 A가 인지하지 못했을 리가 없다. A는 똑똑한 사람이었다. 다만 악당이 없으면 존재할 수 없는 히어로처럼 A도 점차 일하지 않는 자신의

존재 가치를 잃어가기 시작했다. A는 자신을 직장인 이외에 무엇으로 불러야 할지 잊어버렸다. 직장 내 슈퍼 히어로. 그것은 가치 있는 삶이었지만 문제가 있는 삶이기도 했다. A는 더 이상 일하지 않으면 할 게 없었다. 그나마 다행인 것은 물량에는 장사가 없다는 사실이었다.

어느 순간부터 A는 쉬운 일 하나조차 제대로 해치우지 못했다. 열심히 일하지 않아서나 능력이 없어서가 아니었다. 그냥 일이 너무 많았다. 그 상황을 보고만 있을 상사와 후배가 아니었다. "선배만 믿고 있었는데 이게 뭐예요." "아니, A 씨가 할 수 있다매. 이럴 거면 처음부터 하겠다는 말을 말지 이게 뭐야." 모든 영화가 그렇듯 히어로가 찬양받는 순간은 악당을 물리칠 때다. 더 이상 악당을 물리치지 못하는 히어로는 저 혼자 설치다 일만 그르치는 존재 그 이상도 이하도 아니었다. 슬프게도 그건 A에게도 동일하게 적용됐다. 평범한 일조차 제대로 처리하지 못하는 스스로에게 누구보다 실망한 것은 A 자신이었다. A는 회사를 나왔다. 영화에서는 보여주지 않는 히어로의 씁쓸한 단면이었다.

이 이야기의 교훈은 무엇일까. '열심히 해봤자 남는 것 하나도 없다' '나만 생각하면서 살기도 벅찬 세상이다' 뭐 그런 것일까. 아니다. A는 자신의 이야기가 그렇게 전해지는 걸 원하지 않았다. 직장인 A로서의 삶이 벌써 3년이나 지난 지금, A는 여전히 열심히 살고 있기 때문이다. A는 맡을 일을 잘 완수하기 위해 최선을 다하고 정해진 시간 내에 완수하지 못한 일은 본인의 시간을 더 투자해 완수해낸다. 지금도 여전히 말이다. 다른 것이 하나 있다면 이제는 모든 일을 도맡으려 하지 않는다는 것뿐.

지금의 A는 자신이 할 수 있는 일, 해야 하는 일에 최선을 다한다. 물론 마음대로 되지 않는 순간들도 찾아오지만, 마음을 먹는 것과 먹지 않는 것에는 많은 차이가 있다는 걸 A는 이제 안다. A는 자신의 이야기를 전해도 된다는 말과 함께 마지막으로 이 이야기를 적어주길 부탁했다.

"살다 보니까 모든 일을 잘하려고 하는 사람은 슬프게도 아무 일도 제대로 할 수 없더라."

주어진 모든 일을 잘하려다 스스로의 인생까지 바치는 수많은 직장인 A들에게 그는 이 이야기를 전하고 싶었다.

4

Brick

지금 하고 있는 일들 중

당신이 꼭 해야 하는 일은 무엇인가요?

다른 사람의 일을 대신 맡고 있진 않나요?

혹은 우선순위가 뒤바뀌지는 않았나요?

오늘은 그것들을 다 지우고 다시 세워봅시다.

분명 좋은 경험이 될 거예요.

가끔은 유턴으로
집에 돌아가고 싶다

누구에게나 고향이 있다. 그곳은 태어난 장소일 수도 있고 그렇지 않은 장소일 수도 있다. 중요한 것은 장소가 아닌 시간. 순수했던 시절의 추억을 얼마만큼 간직하고 있느냐가 고향을 가르는 기준이 된다. 그런 의미에서 내게는 두 개의 고향이 있다. 처음은 말 그대로 태어난 장소, 인천광역시 남동구 구월동. 그리고 두 번째는 내 시간의 대부분을 간직하고 있는 인천광역시 남동구 만수1동, 할머니 댁이다. 아무것도 모르는 일곱 살에 도착해 초등학교와 중학교, 고등학교와 대학교를 거쳐 직장 생활까지 함께한 그곳은 내 인생의 2/3를 담고 있는 시간의 창고다.

결혼 이후 가끔씩 할머니 댁을 방문할 때면 일부로 지나치는 곳이 있다. 집 앞 골목길에 있는 작은 문방구로 20년째 이름만 바뀌고 장소는 그대로인 집이다. 10살 어린 날의 인생을 바쳤던 구슬 동자 딱지와 이번 생에는 연주가 불가능할 것 같던 단소, 모두 다 그 집에서 샀다. 그래서인지 지금도 그 앞을 지날 때면 그 시절의 내 모습이 아른거린다. 오락을 좋아했던 철없는 소년이었다. 거기서 고개를 살짝 왼쪽으로 틀면 532번 버스 정류장이 보인다. 내가 생애 처음으로 삥을 뜯긴 곳이었다. 고작 500원을 뜯어가면서 겁은 어찌나 많이 주던지. 학교와 반, 이름까지 다 알아갔다. 언젠가는 갚아야 되지 않겠냐는 이유로. 당연히 그 언젠가는 아직 오지 않았다.

그 길을 따라 집 뒤쪽으로 쭉 가다 보면 오래된 편의점이 하나 보이는데, 스무 살의 여름 그 편의점 앞에 앉아 친구와 맥주를 마시며 말했다. 정말로 좋아하는 사람이 생겼고 그 여자애와 친구로라도 남을 수 있으면 좋겠다고. 그 여자애가 지금의 아내가 될 줄은 꿈에도 상상하지 못했다. 여름날 농구하러 가는 길 맡던 풀 비린내와 집 앞 방앗간에서 나던 고소한 참기름 냄새. 이 동네는 정말이지 지치지도 않고 나를 열

살로 보냈다 스무 살로 보냈다 다시 서른 살의 현재로 돌려보
낸다. 그래서 이 동네만 오면 잊고 살던 감각이 하나 떠오른
다. '나 진짜 행복했구나.'

한 1년 전쯤인가, 같은 기분을 느끼고 싶어 전 회사 앞 거
리와 대학교 때 자주 찾던 밥집 거리를 찾아간 적이 있었다.
그런데 이상하게도 그곳에선 비슷한 기분조차 느낄 수 없었
다. 추억이 없어서가 아니었다. 그냥 내가 알던 곳과는 많이
달라져 있었다. 갈수록 오르는 임대료를 견디기에 내 추억의
무게는 너무 가벼웠다. 전 회사 앞 거리와 대학교 밥집 거리
에는 이제 내 흔적이 없다. 다 새것으로 지워졌다.

어느 유튜버가 말하기로 프랑스 파리를 '시간이 멈춘 도
시'라고 부른다고 한다. 100년 전 헤밍웨이가 걷던 파리와
현재의 파리 사이에는 큰 차이가 없기 때문이라나. 실제로
1853년 이후로 이렇다 할 재개발이 없었으니 단순한 감상은
아닐 것이다. 다시 말해 헤밍웨이를 넘어 나폴레옹이 다시 살
아 돌아온다고 해도 100년 전, 200년 전의 추억을 비스름하
게나마 느낄 수 있다는 것이다. 민망하지만 나도 같은 이유

로 만수1동 거리가 바뀌지 않길 바란다. 아주 이기적인 마음으로 내가 아이를 낳고 그 아이가 또 아이를 낳아 할아버지가 되어도 여전히 그 거리가 그대로이기를 바란다. 삶이 불행할 때마다 훌쩍 찾아가 내 인생에도 행복한 순간이 많았다는 걸 열 번이고 스무 번이고 다시 떠올릴 수 있도록.

영화 〈리틀 포레스트〉는 연애와 취업, 모든 것에 실패한 주인공이 고향으로 불쑥 내려가는 이야기다. 15년 치의 추억을 간직한 그곳에서 주인공 혜원은 마치 시계가 되돌아간 듯한 기분을 느낀다. 그곳에는 따뜻한 집과 죽고 못 살던 친구와 잊고 살던 추억이 있다. 결국 혜원은 잠깐만 머물고 가겠다고 했던 다짐은 잊은 채 한 해가 지나 다시 겨울이 되어서야 돌아간다. 자신도 모르게 채워진 마음을 안고.

우리도 그래보면 어떨까. 삶이란 벽이 너무 두꺼워서 그냥 주저앉고 싶은 날, 우리도 잠시 유턴해 내 시간들을 고이 간직한 고향으로 떠나보는 건 어떨까. 가는 길 다리는 퉁퉁 붓고 땀이 삐질삐질 나서 등허리가 젖을 테지만 혹시 모른다. 세상 어디에도 없던 살맛을 그곳에서 다시 찾아올지도.

5
Brick

삶이 버거운 날, 고향으로 떠나볼까요?

꼭 태어난 곳이 아니어도 좋아요.

목적지 :

시간 :

경비 :

추억 :

멋 진   신 세 계 는
멋 지 지   않 아

사랑이 절실한 아이는 아픔을 참는 것부터 배운다. 대견함은 그 나이대의 아이가 받을 수 있는 가장 큰 칭찬이기에 아이는 아픔을 표현하는 방법을 잃어버린다. 치과 치료를 주먹을 꽉 쥔 채로 받고 까진 무르팍에 스스로 대일밴드를 붙인다. 아이는 온몸으로 괜찮다는 말을 표현한다. '도움은 줄 수 없어도 도움이 필요하지 않은 아이가 될 순 있다'라는 마음가짐으로 참고 또 참는다. 그러곤 어딘가 덜 아문 어른으로 자란다.

하루는 건강 TV 프로그램에서 인간이 느끼는 통증 순위를 봤다. 치통부터 관절염, 생리통, 산통 등등 여러 가지의 고통이 있었지만 1위는 불에 타는 통증이라고 했다. 실제로 불에 타본 건 아니지만 그게 왜 1위인지는 알 것 같았다. 군대에 입대한 지 4개월쯤 되던 날, 내 팔뚝이 불이 아닌 물에 타봤기 때문이다. 그날은 시작부터 이상했다. 아침을 먹으러 갔더니 취사병 선임이 말도 안 되는 명령을 내리는 것이 아닌가. 몸통만 한 솥에 끓인 곰탕을 그 옆의 솥으로 옮기라는 것. 그것도 두 명이서. 제정신으로 하는 소리인가 했지만 일단 "네, 알겠습니다"라고 답했다. 군대란 그런 곳이었다. 어차피 옮기게 될 거 욕먹고 하냐 바로 하냐의 차이였다. 군소리 안 하고 옮기는 게 그나마 이득이었단 말이다. 그런데 가까이서 보니 이건 그 정도의 결심으로 될 일이 아니지 않는가. 솥 안에서는 곰탕이 펄펄을 넘어 펑펑 끓고 있었다. 그야말로 하얀 용암. 모로 봐도 안 좋은 예감이 들었다.

"너 뭐하냐?" 취사병 선임의 말이 뒤통수를 따끔하게 울렸다. 솥 안에 용암이 끓고 있다면 내 머리통 뒤에선 욕바가지가 끓고 있었다. 뭐가 더 위험한지는 알 수 없었지만 뭐가 더 오래갈지는 알 수 있었다. 딸려온 선임 한 명과 나는 어쩔 수 없이 곰탕 솥 손잡이를 잡았다. 두꺼운 냄비 장갑을 끼고

게걸음으로 최대한 조심히 바로 옆 솥으로 옮겨갔다. 그러곤 곰탕을 천천히 쏟아부었다. 그랬다고 생각했다. 다만 생각과는 달리 곰탕은 훨씬 더 급하게 쏟아졌고 그대로 역류해 내 팔과 다리로 튀어 올랐다. X됐다. 본능적으로 알 수 있었다. 나는 벗겨진 살갗을 잡고 바로 싱크대로 가 찬물을 쏟아부었다. 곧이어 소대장이 내려왔다. 소대장의 표정도 나와 같았다. 취사병 선임의 머리통과 곰탕 솥은 취히 소리를 내며 짜게 식있다. 나는 운전병 선임과 함께 승합차에 올라타 바로 병원으로 향했다.

불에 타는 고통은 가히 통증 1위라고 할 만했다. 물에 타는 고통으로도 이렇게 아픈데 불에 타는 고통은 오죽할까. 보이지 않는 요정이 잘 달궈진 감자 칼로 내 팔다리를 열심히 긁고 있는 것 같았다. 비명이 새어 나오지 않게 이를 악다물었다. 그곳은 아직 병원이 아니라 군대였으니까. 머리를 숙이고 최대한으로 상상했다. 나는 감자다. 나는 감자다. 다 왔다. 이제 다 왔다. 좀만 참자. 그때 간호차 옆에 탄 선임 두 명이 내 어깨에 기댔다. 잠든 것이었다. 사람 새끼들인가 싶었다. 승합차는 그로부터 30분이나 더 걸려 병원에 도착했다. 운전병 선임은 병원으로 올라가려는 나를 붙잡고 말했다. "야, 씨발 선임이 운전하는데 자냐?" 고통을 참고자 머리를 숙였던 모습이 자는 것처럼 보였나 보다. 할 말이 없었다. 목에서는 형언하기 힘들 정도로 큰 울음 덩어리가 올라왔다. 그때 알았다. 인간이 느끼는 통증 순위 1위는 불에 타는 고통이 아니다. 인간이 느낄 수 있는 가장 큰 통증은 사람이 사람에게 주는 상처다.

이런 경험이 그때만 있었던 것은 아니다. 어릴 적 꽤 심한 장염을 앓았을 때도 나는 본능적으로 이불을 깨물었다. 혹시 내가 아파하는 소리에 할머니, 할아버지가 잠에서 깰까 봐 이불을 꽉 깨문 채로 배를 오므렸다. 고작 내가 아픈 걸로 다른 사람에게 피해를 줄 순 없었다. 그건 죽기보다 싫었다. 어쩌면 그 모든 순간 내 마음속에는 이러한 생각이 자리 잡고 있었는지도 모른다. '아픔에는 자격이 필요해. 아픔을 치유해 줄 능력이 없는 사람은 아파해서도 안 되는 거야.' 나는 참는 것으로밖에 존재감을 표출할 줄 모르는 덜 큰 아이였다.

나는 손 타는 아이가 되고 싶지 않았다. 그때도 지금도 무슨 일이 있어도 밝게 웃으며 괜찮다고 말할 수 있는, 웬만한 일은 스스로 해결할 줄 아는 사람이 되고 싶었다. 그렇게만 하면 TV 속 가정처럼 행복한 일들만 가득할 것 같았다. 아픈 건 혼자서 참으면 됐으니까. 고통이란 나누면 배가 되는 것이었으니까. 그런데 아이러니하게도 참기만 하는 사람은 결국 줄 줄도 모르는 사람으로 자라나게 된다. 타인의 고통에 '뭘 저런 거 갖고 그래'라고 일갈하는 건조한 어른이 되는 것이다. 내가 그토록 바라왔던 것은 조건 없이 사랑을 주고받는 것이었는데. 조건 없이 사랑을 받기 위해선 같은 방식으로 사랑을 줄 줄도 알아야 한다는 것을 경험하지 못한 사람은 알 수 없었다. 그러니까 다시 25년 전으로 돌아가 내가 나에게 해줘야 했던 말은 아마 이런 것이었을 거다.

아플 줄 아는 사람이 되어야 해. 몸이 아플 때는 기대고 마음이 쓰릴 때는 안아달라고 말할 줄 아는 사람이 되어야 해. 매일 좋은 것만 보여주는 기계로 자라지 않기 위해 기꺼이 말할 줄 알아야만 해. "할머니, 저 여기가 아파요." 내 아픔을 표현하는 일은 반대로 상대 역시 아픔을 표현해도 괜찮다는 신호가 되어주니까. 우린 그렇게 서로의 사랑을 주고받으니까.

6

Brick

아픈 일이 있다면 말해보세요.

이곳에 적어도 좋고 그 사람에게 말해도 좋아요.

좋 아 하 는   것 보 다

싫 어 하 는   것

　　　　　또 스투키가 죽었다. 3개월에 한 녀석씩 갔
으니 벌써 세 녀석째다. 꽃집 사장님은 말씀하셨다. "얘는 말
이야, 터미네이터라고 보면 돼. 뭔 얘긴지 알아? 죽어도 죽어
도 다시 살아 돌아온다는 거지." 나로 말할 것 같으면 그런 녀
석들을 벌써 세 놈째 황천길로 보낸 것이다. 스투키가 터미네
이터라면 나는 쓰나미였다. 나한테 걸리면 터미네이터건 뭐
건 다시는 돌아올 수 없었다.

　　"물을 너무 많이 준 거 아니야?" 망연자실해 있던 내게
아내가 물었다. 둘째 놈이 요단강을 건넌 지 3일째 되던 날이
었다. "얘들은 물이 마르면 살아도 넘치면 죽는 애들이래." 과

연 합리적인 말이었다. 적게 준다고 조심에 조심을 기했지만 그건 여전히 내 기준이었다. 셋째 놈은 그렇게 보낼 수 없었다. 그 후로는 장장 두 달에 걸쳐 차분히 흙이 마르길 기다렸다. 그러곤 유독 해가 좋았던 봄날의 아침, 나는 시원한 물로 셋째 녀석의 몸을 구석구석 샤워시켜주었다. "시원하지?"라는 말과 함께. 녀석은 대답이라도 하듯 몸통을 울컥울컥 불렸다. 기분 좋은 아침이었다. 그리고 다음 날, 녀석은 이승을 떠났다. 통통해지다 못해 퉁퉁 불어 넘친 모습으로.

살다 보면 도저히 극복 불가능한 사차원의 막막함을 만날 때가 있다. 그때의 내가 그랬다. 이젠 정말 포기하고 싶었다. 나는 애초에 식물을 키울 자격이 없는 놈이었던 거다. 씁쓸한 마음으로 스투키의 장례를 치러주었다. 내 마음도 흙도 스투키도 함께 정리하고 있었다. 아내는 조용히 다가와 물었다. "혹시 몸통에도 물 준 거 아니지? 스투키는 몸통에 물 닿는 거 별로 안 좋아한다던데." 뒤통수가 따끔했다. 뭐라고?! 식물인데 물 닿는 걸 싫어해? 정수리로 땀이 한 가닥 샜다. 왜 매번 일이 벌어지고 난 뒤에 조언을 해주는 건지에 대한 원망과 스투키에 대한 미안함이 섞여 이상한 말이 튀어 나갔다.

"그… 그걸 왜 이제 말해 바보야!" 아내는 한심한 표정으로 나를 쳐다봤다.

"식물은 많이 죽여본 사람이 잘 키워요." 생애 첫 화분을 산 날 화훼 유튜브에서 들은 말이었다. 처음엔 그저 살벌하다고만 여겼던 그 말의 의미가 스투키 세 녀석을 황천길로 보내고 난 지금은 이해된다. 스투키는 내 예상보다 훨씬 더 예민한 녀석이었다. 몸통에 물을 줄 땐 분무기로 부드럽게 양을 조절해서 뿌려주어야 하며, 물을 흠뻑 준 날이면 바람이 잘 드는 반 양지에서 뿌리가 부패하지 않게 잘 말려주어야 했다. 사장님의 말마따나 잘 키우면 터미네이터의 뺨을 세 대는 넉넉히 치고도 남지만, 나 같은 주인을 만나면 개복치나 다름없는 생명체였던 것이다.

물론 이 같은 절차를 매일 밟을 필요는 없었다. 한 달에 한 번, 혹은 두 달에 한 번. 상황에 따라서는 6개월에 한 번만 물을 줘도 될 만큼 터프한 녀석이기는 했다. 간단히 요약하자면 이런 것이다. 스투키는 관심 어린 무관심으로 키워야 했다. 그런데 이게 꼭 식물에게만 해당되는 이야기는 아닐 것이다.

취준생 시절 가족들과 함께 밥을 먹는 게 너무 싫었다. "요즘 애들은 토플 그런 거 한다던데 너는 하고 있냐?" "정원이는 이미 취업했다더라." "잘하고 있는 맞지?" 눈앞에 차려진 진수성찬을 먹기 위해 최소 다섯 방의 잔소리를 견뎌야했다. 그런 건 내가 원한 게 아니었는데. 내가 바란 건 관심 어린 무관심이었다. 내가 어떻게 되던지 전혀 상관없어서가 아니라 내 마음이 어떤지 너무 잘 알고 있기에 나오는 무관심. 그러고 보면 관심을 무관심하게 준다는 것은 사실상 그 대상을 진정으로 소중히 여길 때만 가능한 일인 것 같다. 단순히 무엇을 좋아하는지뿐만 아니라 무엇을 싫어하는지에도 주목해야 하는 작업이기 때문이다. 이토록 뼈저리게 겪어봤으면서도 스투키에게 똑같은 짓을 하고 있었으니 사람 일이란 참 알다가도 모를 일이다.

'식물은 물을 좋아해' '풀은 해를 봐야지'라는 생각으로 그동안 참 많은 식물을 하늘나라로 보냈다. 물은 얼마만큼 줘야 하고 물 주는 방식은 어떠해야 하는지. 해는 어느 정도 쐬어야 하고 통풍은 필요한지. 단 하나도 고려하지 않은 채 그저 '너 물 좋아하지?'라는 생각으로 물 한가득 양동이에 식물의 얼굴을 처박았다. 정말이지 고문관이 따로 없었다. 부모와 자식, 친구와 친구, 연인과 연인, 반려 동식물과 나. 누군가와 제대로 된 관계를 맺는다는 것은 그토록 어려운 일이었다. '좋은 게 좋은 거지'라는 간편한 마음으로는 식물과도 사람과도 올바른 관계를 맺을 수 없었다.

7
Brick

소중한 사람의 마음을 다치게 하는 건

그 자체로 슬픈 일입니다.

그러니 여기서 문제.

소중한 사람이 싫어하는 일을 알고 있나요?

잠깐만 나 생각 좀
그만두고 올게

알코올 중독, 담배 중독, 음식 중독, SNS 중독, 마약 중독. 유사 이래 이만큼이나 다양한 중독이 존재했던 시대는 없었을 거다. 그런데 이 모든 중독보다 훨씬 더 강력하면서도 주목받지 못하는 것이 하나 있었으니, 바로 생각 중독이다. 우린 너무 많이 생각한다. 미래에 대해, 과거에 대해, 그리고 현재에 대해. '생각하지 말자, 생각하지 말자, 생각하지 말자! … 근데 지금 이것도 생각 아닌가?' 생각을 멈추려는 시도조차 생각이기에 도무지 알 수가 없다. 생각은 도대체 어떻게 멈춰야 할까? 어쩌면 그런 막막함이 이 대회를 열게 했을지도 모른디. 멍 때리기 대회나.

1,500명의 신청자가 몰릴 정도로 흥행한 이 대회의 규칙은 간단했다. 남보다 오래 멍 때리세요. 휴대폰 금지, 잡담 금지, 취식 금지. 뙤약볕을 맞은 잔디에 앉아 할 수 있는 것이라곤 오직 멍 때리기밖에 없었다. 이토록 심심한 대회에 사람들은 왜 그렇게 열광했을까. 한 참가자는 그 이유를 이렇게 전했다. "그냥, 아무 생각 없이 쉬고 싶어서요."

　　사실 10년 전만 해도 멍 때리기란 지향보단 지양에 더 가까웠던 행동이다. 그렇기에 매 순간 걱정 없이 멍 때리며 사는 이들에게 이렇게 말해왔겠지. "야… 넌 진짜 속 편하게 산다." 그런데 스트레스성 장염으로만 매년 147만 명이 고생하는 지금, 우리에게 절실한 삶이 바로 그런 것 아닐까. 매일 고민 없이 자고 배탈 없이 먹고 걱정 없이 웃는 그런 삶 말이다. 멍 때리기 관련 기사만 봐도 알 수 있다. 이제 우린 잘 자고 잘 먹고 잘 쉬기 위해 멍 때릴 줄 알아야 한다. 남은 문제는 하나였다. '알겠는데… 어떻게?' 언제나 아는 것과 하는 것은 다른 법이다.

　　구글에 멍 때리기를 검색하면 약 45만 3,000개의 게시물이 나온다. 블로그, 커뮤니티, 의학 기사 등등 수도 없이 많은 게시물의 내용을 요약하자면 이렇다. "멍 때리기 정말 좋아. 진짜 좋아." 방법도 각양각색이다. 대표적으로 불 멍, 산 멍, 샤워 멍, 반신욕 멍, 워킹 멍, 러닝 멍 등등. 손가락, 발가락 다 합쳐도 족히 20명은 넘게 필요하다.

그중에서도 내가 설명하고 싶은 것은 샤워 멍. 샤워하면서 때리는 멍이다. 의학적으로도 따뜻한 물에 하는 샤워는 몸과 마음을 이완시키는 데 도움이 된다. 올랐던 혈압을 낮추고 근육의 긴장까지 자연스레 풀어주기에 멍 때리기 좋은 상태를 만들어주는 것이다. 그런데 한 가지, 샤워 멍에는 학자들은 절대 알 수 없는 현대적인 장점이 더 있었다. 할 게 없다는 것이다. 샤워하면서 술을 마실 순 없다. 담배도 피울 수 없고 친구와 대화하기도 힘들다. 심지어 유튜브 영상마저 소리를 최대로 키워야 그나마 들을 수 있으니 우리를 괴롭히는 수많은 것들로부터 강제로 격리된다. 그 옛날 아르키메데스가 물속에서 유레카를 외친 이유에는 이런 것도 있는 것이다. 샤워 중에는 할 수 있는 게 극도로 제한된다. 마치 멍 때리기 대회처럼.

스마트폰, 티브이, 컴퓨터, 주변 사람들의 말소리, 노랫소리 등등. 가만 보면 요즘 세상은 우리가 생각을 멈추지 않기를 바라는 것 같다. 하나라도 더 사고 하나라도 더 혹하도록 끊임없이 눈과 코와 입과 귀를 간지럽힌다. 내 생각이 멈추기를 바라는 건 아쉽게도 나밖에 없다. 스님들이 참선을 위해 산속 절로 들어가는 건 다 그런 사정 때문일 것이다. 속세는 너무 시끄럽다.

그러니 봐라. 노련한 수도승조차 손사래를 칠 수밖에 없을 만큼 시끄러운 이 세상에서 내가 온전히 멍을 때릴 수 있겠나. 매일같이 새롭게 나오는 기술과 광고와 드라마와 콘텐츠에 조종이나 당하지 않으면 그나마 다행이다. 결국 이 방법뿐이다. 넘치는 생각으로 머리가 깨질 것 같은 날, 얼른 속세로부터 도망쳐 화장실로 들어가 보다 기능적인 마음으로 따뜻한 물을 틀겠다. 스마트폰도 없고 티브이도 없이 머리를 감고 몸을 씻고 세수를 하고, 그로부터 15분은 더 따뜻한 물을 맞으며 한 가지 생각에만 집중하겠다.

'아… 따뜻하다. ☺'

의외로 시계 분침이 생각보다 더 많이 돌아가 있을지도 모를 일이다.

8

Brick

오늘 하루 딱 5분만이라도 멍을 때려볼까요?

단, 규칙이 있습니다.

규칙 1. 스마트폰 금지

규칙 2. 과한 멍 때리기 욕심도 금지

규칙 3. 맞지 않는 멍 때리기 방법은 고수하지 않기

세 살 말 버 릇

여 든 까 지 간 다

술에 취하면 입이 걸어진다. 평소 자주 쓰지 않던 욕이 가벼워지고, 같은 상황도 표준어보다는 비속어로 설명하게 된다. 동시에 이야기의 질은 급격히 하락한다. 술에 취해서, 친한 친구들과 함께 있어서, 혹은 정말 그런 이야기가 하고 싶어서 등 다양한 이유가 있겠지만 의외의 요인이 하나 더 있다. 말투가 바뀌어서다. 우리가 쓰는 단어와 말투는 우리의 생각과 행동을 교묘하게 바꾼다. 거친 사람이어서 거친 말투를 쓰는 것이 아니라 거친 말투를 쓰다 보니 과격한 사람이 된 것일 수도 있다는 말이다. 일종의 자기 암시적 효과다.

김 씨는 하기 싫은 게 많은 사람이다. 걸어서 10분 거리조차 차를 타고 가야 하고 귀찮은 일은 누구와 함께든 질색이다. 또한 매사에 보수적이어서 목표에서도 관계에서도 말투에서도 유독 부정적인 쪽을 더 선호한다. 나쁜 사람은 아니다. 다만 뭐랄까, 함께 있으면 묘하게 가라앉는다고 해야 할까. 김 씨가 평소 사용하는 단어들은 사람의 기분을 쉬이 다운시킨다. "싫어, 난 안 한다니까. 그렇게 좋으면 너나 해." "절대, 절대 안 해." "아, 그거 별로야. 그냥 하던 거나 하자니까." 아무렴 좋은 것만 하기도 모자란 세상이라지만 그렇다고 너무 내키는 것만 하려 해도 문제가 생긴다. 할 게 없다는 것이다.

김 씨의 나이는 올해 서른셋이다. 아니다. 서른다섯이었나. 잘 모르겠다. 그냥 넉넉잡아 30대 초중반인 것으로 하자. 그런데 만약 나이의 숫자가 경험의 크기로 차오르는 것이라면 김 씨의 나이는 언제부턴가 위로 올라가지 못했다. 김 씨에게 있어 마지막 새로움은 성인이 된 후 합법적으로 호프집에 가 고주망태가 될 때까지 술을 마신 경험이었으니까. 김 씨의 나이는 여전히 20대에 머물러 있었다.

물론 그래서 불행하냐고 묻는다면 그건 또 아니다. 굳이 말하자면 무미건조하달까. 김 씨의 말마따나 불행하지도 행복하지도 않은 상태다. 김 씨는 변하고 싶었다. 행복까지 바라지는 않지만 지금보다 나아지길 원했다. 하지만 달라질 수 없었다. '어차피 그거 해도 안 해도 다 똑같아.' 자신의 말에 사로잡혔기 때문이다.

2015년 무한도전 서해안 고속도로 가요제에서 나온 곡 〈말하는 대로〉는 여태까지도 많은 이들에게 사랑받는 곡이다. 말하는 대로 될 수 있단 걸 뒤늦게 깨달았다는 자전적인 노래로, 개그맨 유재석 님의 실제 이야기를 담고 있다. 그렇다. 가사의 말마따나 생각보다 우린 말하는 대로 느끼고 행동하게 된다. 습관처럼 무언가를 싫다, 싫다고 하게 되면 정말로 싫어질 수도 있다는 것. 의외로 말로 꺼내버려서 진실이 되어버리는 것들이 우리 인생에는 많다. "그래, 그 사람 좀 강압적이잖아." "맞아. 저번에는 이런 말도 했었지?" 무심코 나온 말이 그럴듯하게 들리도록 증명하기 위해 없던 핑계나 이유를 꾸며낸 경험은 누구나 있을 것이다. 그렇게 뱉어진 말은 주워 담아지기보단 내 마음을 설득하는 쪽으로 흐른다. 말이 무서운 이유다.

물론 이 효과에는 어느 정도 과장된 면이 있을 것이다. 정말 말하는 대로 다 변할 수 있다면 많은 이들의 인생이 이토록 고달프진 않았을 테지. 아마도 말은 나를 바꿀 수 없을 거다. 그런데 적어도 나를 바라보는 남들의 시선 정도는 바꿀 수 있을 것이다. 나를 바라보는 사람들에겐 내가 하는 말이 곧 나일 테니까. "오히려 좋아"라고 말해버리는 순간 내 마음은 그대로일지 몰라도 나를 바라보는 사람들의 눈은 바뀔 수 있다는 것이다. 그리고 알다시피 그런 시선에는 우리를 변하게 만드는 힘이 있다. "너 많이 밝아졌다." 칭찬에 맞춰 춤을 추는 것은 고래만이 아니기 때문이다. 내 말이 남을 바꾸고, 남의 말은 나를 바꾼다. 말이 나를 바꾼다는 것은 아마 이 정도의 의미일 것이다.

결국 말투 하나 바꾼다고 인생이 바뀔 거라는 결론은 아마도 비약일 것이다. 하지만 말투 하나 바꾸는 걸로 좀 더 나은 사람으로 비춰질 수 있다면 그것 또한 하지 않을 이유가 없을 것이다. 다시 말해 "좋을 리가 없잖아"라는 말을 "나쁘지는 않네"라고 바꿔 말한다고 어제와 다른 사람이 될 수는 없다.

그런데 의외로 어제보다 나은 사람 정도는 될 수 있지 않을까?

9

Brick

고치고 싶은 말버릇이 있나요?

혹은 가지고 싶은 말버릇은요?

지속하다 보면

그런 사람이 되어 있을지도 몰라요.

추 억 은
만 들 어 지 는   거 야

　　　　　　연인 간의 방귀란 언제나 뜨거운 감자다.
기본적으로는 틀지 안 틀지부터 튼다면 언제 틀지, 또 안 튼
다면 제어 불가능한 그 생리 현상을 어떻게 감춰낼지. 소리,
냄새, 시기, 가능 여부까지 방귀에 관련된 모든 사항은 생각
보다 꽤나 진중한 토론 주제가 될 수 있다. 그런데 지금부터
할 이야기는 연인 간의 방귀 이야기를 아득히 초월한다. 예비
장모님 앞에서 방귀가 급하다면 우린 어떻게 대처해야 할까?
시계는 12년 전으로 돌아간다.

　　　때는 바야흐로 2010년 봄. 지금은 아내가 된 여자 친구와
사귄 지 약 1년째 되던 시점이었다. 봄 날씨답게 화창한 햇빛

이 만연하던 날, 여자 친구와 나, 그리고 장모님은 장모님 댁에 앉아 도란도란 치킨을 먹고 있었다. 한두 번 뵌 사이긴 했지만 여전히 장모님은 내게 어려운 존재였다. 나는 어색한 분위기를 풀고자 있는 말, 없는 말 다 지어내고 있었다. 다행히 분위기는 나쁘지 않았다. 이제 조금만 더 하면 즐겁게 헤어질 수 있는 상황이었다.

그런데 별안간 천둥이 치는 것이 아닌가. 그것도 내 뱃속에서. '이 타이밍에 나온다고?' 마른하늘에도 날벼락이 친다더니 그게 내 뱃속에서 일어날 줄은 꿈에도 몰랐다. 뱃속의 번개는 무엇에 그토록 노한 것인지 당장이라도 자신을 내보내달라고 아랫배를 강타했다. 공포였다. 노련한 해법을 찾아내기엔 난 이제 막 성인이 된 스물한 살의 애송이었다. 화장실을 갈까? 아니다. 지금 화장실에 갔다간 오히려 변기통을 확성기 삼아 세상에 알릴 것이다. 내가 왔다고. 내 뱃속이니 알 수 있었다. 이놈은 자기주장이 확고한 녀석이었다.

"더워? 왜 그렇게 땀을 흘려?" 시간이 얼마나 흘렀을까. 장모님과 여자 친구는 어느새 나를 어디 아픈 사람처럼 바라보고 있었다. "아냐. 그냥 좀… 얼른 먹자." 빨리 나가자. 이곳에서 얼른 도망치자. 나는 걸신들린 사람처럼 빠른 속도로 치킨을 해치우기 시작했다. 하지만 들어가는 치킨이 있으면 나오는 가스도 있는 것이 인지상정. 뱃속의 번개는 불러가는 배에 맞춰 더욱 힘차게 자진모리장단, 중모리장단, 휘모리장단을 두드리며 4중주 합창을 불러댔다. 속도 싸움이었다. 장모님과 여자 친구는 어느새 조용해져 있었다. 그런 걸 고려할 상황이 아니었다. 한 조각, 이제 한 조각이었다. 그런데. 비유우웅~~~~ 그건 세상 힘없고 굴욕적인 소리였다. '피리… 피리다!'라고 변명하고 싶었지만 그럴 수 없었다. 장모님과 여자 친구, 도합 네 개의 눈은 이미 내 앞으로 헤쳐 모여 있었다. 장모님의 눈에선 무언의 메시지가 흘러나왔다. '그랬구나…. 그래서 그토록 급했던 거구나.' 잠깐의 정적. 패배한 괄약근은 눈치도 없이 여분의 번개를 흘려보냈다. 피… 피픽. 마지막 치킨은 여전히 그 자리에 놓여 있었다.

정신을 차려보니 엘리베이터 앞이었다. 여자 친구는 나를 배웅해준다며 힘께 따라 나와 있었다. 그냥 집에 있지…. 그날따라 뭔 놈의 승객이 그리 많은지 엘리베이터는 1층부터

12층까지 기어 올라왔다. 인고의 시간 끝에 결국 문이 열렸다. 나는 조용히 1층 버튼을 눌렀다. "갈게." 여자 친구도 작별 인사를 하며 말했다. "그래도… 냄새는 안 났어." 떨어지는 건 엘리베이터가 아닌 내 심상이었다. 그날은 잠을 잘 수 없었다.

12년이 지난 지금도 그날의 기억은 여전히 새록새록하다. 물론 나뿐만 아니라 장모님과 아내에게도 마찬가지겠지만. 어쩌면 그날은 우리가 함께한 지난 13년의 역사 속에서 가장 강렬한 순간이었을지도 모른다. 그래서일까. 그 순간이 괜찮아지기까지 정말로 오랜 시간이 걸렸다. 아마 누구에게나 그런 순간이 있을 것이다. 머릿속에서 지우고 또 지우려 할수록 더 붉은 주홍글씨로 남아 나를 괴롭히는 창피의 순간들이. 하지만 우리가 더 사랑해 마지않는 역사가 정사보단 야사인 것처럼 창피한 기억은 때때로 무엇보다 즐거운 추억 거리가 되기도 한다. 남들은 모르는 우리만의 비밀로 남아 우릴 더 똘똘 뭉치게 하고 웃게 만들어준다.

이제는 그 순간이 싫지만은 않다. 아니다. 그렇게 생각하기로 했다. 비록 예쁜 색은 아니지만 강렬한 색으로 남아 내 인생을 다채롭게 만들어주는 순간이라 여기기로 했다. 말하는 나로서도 민망하지만, 창피도 견디고 견디다 보면 결국 추억이 될 수 있는 법이니까.

10
Brick

추억을 만드는 방법에는 다양한 것들이 있습니다.

꼭 즐거운 순간들만이 추억이 되는 건 아니에요.

오늘은 창피한 순간을 추억으로 만들어볼까요?

웃어넘기면 좋아지는 순간들도 많으니까요.

코 로 나 가
빼 앗 아   간   것

2020년 1월, 국내 첫 코로나 확진자가 발생한 뒤로 벌써 3년이란 시간이 흘렀다. 조만간 끝날 거야, 좀만 참자는 말을 들은 지가 어제 같은데 어느새 마스크를 쓰는 삶에도 익숙해졌다. 야외 마스크 착용 의무가 풀렸는데도 여전히 마스크를 쓰지 않은 사람에 깜짝깜짝 놀라게 되니 기가 막힐 일이 아닐 수 없다. 친구와 이야기할 때 마스크를 쓰고 있는 건 이제 자연스러운 일이다. 때때로 마스크를 쓰니 감기에 안 걸린다, 눈 화장만 해도 돼서 편해, 면도도 매일 안 해도 되니 좋다고 웃는 주변 사람들을 보면 우리가 왜 해학의 민족인지 알 것 같다. 물론 이 시대가 정말로 좋은 것은 아니다. 그저 언제까지나 울 순 없으니 반대로 웃어넘기려 하는 것이다.

지난 3년 코로나로부터 우리는 많은 것을 빼앗겼다. 누군가는 가까운 사람을 잃었고 또 누군가는 일자리를 잃기도 했다. 그러나 그 정도의 심도 있는 이야기를 풀어낼 재주는 없기에 오늘은 조금 다른 이야기를 해보려 한다.

코로나 시대 초기에는 만남을 잃는 것이 불편했다. 만나고 싶은 사람을, 만나고 싶은 시간에 만날 수 없다는 건 생전 처음 느껴보는 종류의 불편함이었다. 오래된 친구의 텅 빈 결혼식을 보는 것은 가슴 아픈 일이었다. 그에 비하면 마스크를 쓰는 불편함은 상대적으로 가벼웠다. 그저 내 사람들과의 거리가 강제적으로 멀어지는 것이 우울했을 뿐이다. 딱 6개월까지는 그랬다.

친구와 함께할 시간에 가족과 함께 있는 건 의외로 괜찮은 변화였다. 가족과는 할 말이 없다고 생각했지만 사람이 심심해지면 입은 저절로 터지는 법이다. 몰랐던 가족들의 비화를 알게 된 것도 코로나 기간이었다. 그 과정에서 찢어져 가던 가족 간의 거리도 조금씩 봉합되었다. 뿐만 아니라 저녁 10시에서 11시 사이에 모임을 파하고 집에 돌아가는 건 말 그대로 상쾌한 일이었는데, 극초반에야 더 놀지 못한 것이 아쉬웠지, 말끔하게 대중교통을 타고 집에 돌아오는 삶은 오히려 다음 모임을 더 기다려지게 만들었다. 갈 데까지 가지 않은 자만이 느낄 수 있는 기분 좋은 아쉬움이라고 해야 할까. 기묘한 만족감이었다. 그렇다. 나는 장차 현대사의 메인이 될 코로나인으로 착실하게 변태하고 있었다. 다만 하나, 그럼에도 사라지지 않는 아쉬움이 있었다. 밤공기를 마실 수 없다는 것이었다. 그것도 힘껏.

아는 사람들은 알겠지만 낮공기와 밤공기에는 각각 다른 종류의 향이 난다. 낮공기에서는 햇볕에 쫙쫙 말린 따뜻하면서도 건조한 이불 향이, 밤공기에서는 이제 막 스프링클러를 돌린 잔디 구장의 촉촉하고도 시원한 향이 난다. 이게 끝이 아니다. 겨울과 봄 사이, 봄과 여름 사이, 여름과 가을 사이, 그리고 가을과 겨울 사이. 계절이 변하는 시점에도 각각의 온도들이 부딪히면서 내는 특유의 향들이 존재한다. '그런 게 있었나?'라는 생각이 든다면 오늘 밤 집으로 향하는 길 한적한 곳에서 마스크를 내리고 힘껏 숨을 들이켜봐라. 인센스나 방향제로는 대체할 수 없는 고유한 향들이 콧잔등을 때릴 거다. 다시 말해 마스크는 바이러스로부터 우리를 지켜주는 대신 이 모든 향들의 존재도 조금씩 잊게 만들었다. 그게 내가 아쉬운 일이다.

흔히 존재감이 없는 사람들에게 우린 공기 같은 사람이라 말한다. 항상 옆에 있지만 볼 수도 느낄 수도 없는 존재라는 의미. 그러나 공기의 존재감은 그것이 사라질 때가 되어서야 비로소 열렬히 찾아온다. 흡사 마음껏 공기를 마실 수 없는 요즘이 되어서야 밤공기의 소중함을 알게 된 지금의 나처럼 말이다.

퇴근길 몸 안 가득 쌓인 열을 단번에 식혀주던 그 시원함의 존재를 이제야 깨달았다. 숨 쉬듯 존재했던 소중함은 얄궂게도 숨 쉴 수 없는 지금이 되어서야 찾아왔다. 비단 공기만이 그런 것은 아닐 거다. 가족이나 오래된 연인, 친구 혹은 집처럼 너무나 당연하게 존재해서 오히려 그 소중함을 잊어버리는 경우가 우리에겐 왕왕 있다. 그런 의미에서 본다면 무언가를 잃는 것이 꼭 나쁜 경험만은 아닐 거다. 그 경험을 통해 우린 자신에게 정말로 소중한 것이 무엇인지 보다 뼈저리게 깨달을 수 있기 때문이다.

　　마스크 의무 착용이 해제된 지 3개월, 요즘은 집 앞 가로수 길에 멈춰 마스크를 턱 언저리까지 내리고 힘껏 밤공기를 마신다. 고등학생 시절 집에서 몰래 맥주를 꺼내 마셨을 때와 같은 속 시원함이 폐를 뚫고 지나간다. 아주 잠깐이다. 아주 잠깐 그렇게 밤공기를 들이마신 뒤 마스크를 다시 쓰고, 조용히 되뇐다. "공기 좋~다." 소중한 걸 소중하게 느끼기 위해서는 역설적으로 익숙해지면 안 된다는 것을 나는 조금씩 배워간다.

언제든 할 수 없어서

더 소중해진 시간들을 떠올려봅시다.

혹은 사람도 좋고 물건도 좋아요.

매일 함께할 수 없다는 깨달음이

소중한 걸 더 소중하게 만들어줄 겁니다.

인 생 은   시 험 이 지 만

채 점 을   내 가   하 는   시 험 이 지

바야흐로 182만 애묘인 시대다. 상대적으로 덜 알려졌던 고양이의 매력이 SNS를 통해 전파되면서 전국 집사의 수는 가파르게 증가하고 있다. 그런데 그와 동시에 늘고 있는 인식도 하나 있다. '길고양이는 불쌍해.' 길고양이에 대한 동정론이다. 눈곱 섞인 얼굴로 쓰레기를 뒤지며 거리를 배회하는 길고양이의 삶은 집사들의 입장에선 쉽게 지나치기 어려울 만큼 불행해 보인다. 그래서일까. 동정론은 자연스레 이런 생각으로 이어진다. '우리 ○○이는 쟤네에 비하면 천국에 사네.'

사실 길고양이의 삶은 실제로 고단하다. 마실 물이 없어

탈수증으로 생을 마감하고 운 나쁘면 차에 치여 목숨을 잃는 삶이 행복하다 말할 수 있는 사람은 많지 않을 거다. 그런데 그게 고양이의 삶에도 똑같이 적용되는 것은 아니다. 고양에게는 고양이만의 기준이 있다는 것. 지난 주말 우연히 나무 둥치에 앉아 햇빛을 쐬는 길고양이를 본 적 있다. 적당한 볕을 맞아 따뜻해진 흙바닥에 몸을 비비고 나무껍질을 스크래처 삼아 손톱을 가는 고양이의 모습은 신기하게도 불행과는 거리가 멀어 보였다. 거기다 여유롭게 바람 향을 맡는 모습까지 봤을 땐 순간 내 삶이 과연 쟤보다 더 행복할까 하는 의문이 들었다.

물론 그렇다고 길고양이의 고난이 사라지는 것은 아닐 거다. 길고양이의 밤은 여전히 고단할 거다. 그런데 생각해보면 그건 내 삶도 비슷하지 않을까. 매일같이 죽겠다고 말하면서 고작 시원한 맥주 한 잔에 내일을 살아갈 힘을 얻는 것처럼 길고양이의 삶에도, 나의 삶에도 불행과 행복은 공존했다. 결코 불행하기만 한 삶은 없다는 것이다. 그런데 길고양이의 삶은 왜 그토록 불행해 보이기만 했을까. 그건 내가 아는 행복의 숫자가 너무 적기 때문이 아니었을까.

얼마 전 오랜만에 연락 온 동네 친구와 이런 이야기를 나눴다. "나 퇴사하고 공사판 들어가려고." 10년 가까이 배워온 금형 설계 일을 버리고 막노동을 뛰러 간다는 친구의 말에 나는 아무 답도 하지 못했다. 친구는 내 마음을 눈치챈 듯 덧붙였다. "그냥, 마음이 편해지고 싶어." 괜찮은 연봉에 인정받는 경력, 그리고 꼰대 같은 사장. 따뜻한 집에서 괴팍한 주인과 함께 사는 집고양이의 삶이 친구에겐 불행이었다.

통화는 그 뒤로도 몇 시간이 넘게 이어졌고, 긴 통화를 끝낸 뒤 생각했다. '얼마 못 가 그만두겠지.' 그게 벌써 8개월 전의 일이다. 친구는 반년이 넘는 기간 동안 전보다 더 건강한 마음으로 막노동 일을 하고 있다. 최근엔 간만에 만나 맥주를 마시는 자리에서 이렇게 말하기도 했다. "야, 막노동을 뛰니까 뭘 해도 안 들어가던 배가 다 들어간다ㅋㅋㅋ" 새카맣게 탄 얼굴에 활짝 드러난 하얀 이. 친구는 그 뒤로도 한참을 더 웃었다. 그건 분명 내가 알던 종류의 행복은 아니었다.

집으로 돌아가는 길 유튜브에서 봤던 한 수의사의 말이 떠올랐다. 길고양이의 삶에도 여러 행복이 존재한다는 말. 그러니까 더 행복하게 해준다는 이유로 함부로 집에 데려와서는 안 된다는 말이. 실은 그 영상을 보면서도 우리 집 고양이가 길고양이보다 더 행복할 거라 생각했다. 아니, 그래야 한다고 믿었다. 그게 내가 아는 행복의 기준이었으니까. 행복조차 책으로 배운 사람의 현실이었다.

지금껏 많은 시간을 진짜 행복과 가짜 행복을 구분하느라 낭비해왔다. 배운 적 없는 행복은 가짜라며 행운처럼 찾아온 행복의 순간들을 많이도 무시했다. 고작 서른 남짓한 인생으로 나를 넘어 남의 행복까지 멋대로 재단하려 했으니, 이것 참 부끄러운 일이 아닐 수 없다. 행복에 정답이 있을까? 아마 있을 것이다. 다만 지금까지의 시험처럼 객관식 시험은 아닐 테지. 그건 답을 적는 것도 채점을 하는 것도 모두가 나만이 할 수 있는 이상한 시험일 것이다.

이제 곧 서른넷이 된다. 다사다난했던 올해도 막바지에 이른 지금 조금은 다르게 새해 인사를 건네보고 싶다. 내년은 올 한 해보다 더 많은 행복을 알게 되기를 바란다. 학생으로서도, 직장인으로서도, 취준생으로서도, 누군가의 부모 혹은 아들과 딸로서도, 그리고 나로서도. 그동안 알지 못했던 행복들을 더 많이 알고 더 자주 느낄 수 있게 되기를 바란다. 그래서 당신만이 채울 수 있는 행복의 정답지가 보다 풍성해질 수 있기를 간곡히 바라본다.

12

Brick

한 해가 끝날 때쯤 이 페이지로 다시 돌아와

새롭게 알게 된 행복을 적어주세요.

그게 우리가 해야 할 마지막 일입니다.

이제 마지막입니다.

마지막으로 여기에 멈춰 서서

그간 내가 부수고 만들어왔던 것과

앞으로 가꿔 나가야 할 것들에 대해

다시 한번 떠올려주세요.

오늘 하루는
아무 일도 없었습니다

요즘 피부가 좋아졌다는 말을 많이 듣는다. 마음이 좋아져서는 아니고 피부과를 다녀서다. 아내의 말에 이끌려 체험해본 세 번의 피부과 진료는 검은 피부를 덜 검게 만들어주었다. 마음을 다시 짓고 얻은 결과라 함은 이렇게 좋아진 피부를 기쁘게 맞이할 수 있다는 것이랄까. 전에는 무언가 좋아지면 무언가를 잃었다는 기분이 가득했다. 그건 돈이 될 수도 시간이 될 수도 에너지가 될 수도 있다. 온전히 기쁠 수 있다는 건 예전의 나에게는 그만큼 어려운 일이었다. 그러니까 이건 꽤 큰 변화였다. 기쁠 때 온전히 기쁘고, 편안할 때 온전히 편안해야만 불편하고 불안할 때 기꺼이 받아낼 수 있다는 걸 알기 때문이다. 또 기쁠 때가 오겠지. 그건 감정을 있는 그대로 받아낼 줄 아는 사람만이 할 수 있는 생각이었다.

지난 1년, 마음의 집을 지으면서 이런 생각을 참 많이 했다. 마음을 가꾸는 일은 기본적으로 집안일을 하는 것과 그 목적이 꽤나 유사하다는 것. 집안일의 목적은 언제나 현상 유지다. 원래보다 더 더러워지지 않게, 혹은 내가 알던 모습에서 벗어나지 않게. 어제보다 더 열심히 쓸고 닦아도 우리 집이 갑자기 호텔 방으로 변하지는 않는다. 집안일에는 원래의 것 이상을 만들어내는 힘이 없다. 그렇다고 그냥 손 놓고 있으면? 고작 이틀 만에 한 바가지가 들어찬 설거지에 '내가 미쳤지' 하게 될 것이다.

마음을 가꾸는 일도 그렇다. 마음을 다독이고 상처를 지워낸다고 해서 없던 행복이 선물처럼 찾아오지는 않았다. 그렇게 비워진 마음에는 말 그대로 빈 공간이 남아 있었을 뿐이다. 그 안에 행복이나 짜릿함은 없었다. 그런데 불안이나 불행 역시 없었다. 있는 것이라곤 깨끗이 정리된 공간만이 줄 수 있는 특유의 편안함뿐이었다. 우리가 마음의 일을 함으로써 기대할 수 있는 최대의 결과는 그런 상태일지 모른다. 어제보다 더 나아진 상태가 아니라 어제와 같은 상태를 유지하는 일. 그건 바꿔 말하면 어제에 대한 후회나 내일에 대한 걱정 없이 그저 지금 있는 그대로를 살아 나갈 수 있는 상태라고도 할 수 있을 것이다. 내일에 대한 걱정 없이 맞이하는 평온한 주말의 오후처럼 말이다. 이렇게 말하고 보니 묘하게 더 멋져 보인다.

그간 마음을 가꾸며 "나쁘진 않아"라는 말을 참 많이 했다. "좋다"라는 말을 많이 했다면 더 좋았겠지만 그것만으로도 나름 만족스러운 변화였다. 말의 의미 그대로 때때로 일어나는 가족 간의 불화를 나쁘지 않게 받아들일 수 있었고 지난날의 후회들 역시 나쁘지 않게, 그리고 앞으로 내 앞날이 어떻게 될지에 대한 걱정도 나쁘지 않게 받아들일 수 있었다. 항상 좋은 일만 있기를 고대하고 바라는 것은 지금의 나에게도 여전히 버거운 일이다.

그러니 아마 앞으로도 매일 더 나아지길 바라는 것보다는 매일 더 나빠지지 않게 노력할 것 같다. 호텔 방에서의 싸릿함보다는 아무 일도 없는 내 집 안에서의 편안함을 맞이하기 위해 열심히 마음을 가꾸고 상처를 정리하겠다. 누군가는 "마음의 집을 지은 결과가 겨우 그거야?"라고 비웃을 수도 있겠지만, "나쁘진 않네"라는 마음도 매일같이 느낄 수 있다면 그거야말로 정말로 좋은 인생이 아닐까. 우리에게 있어 행복이란 설레는 일이 넘쳐날 때도 찾아오지만 아무런 불행이 없는 순간에도 찾아오니까.

그런 의미에서 여기까지 함께해 온 마음의 집 재건축 과정이 나쁘지 않았기를 바란다. 행복이 넘치는 인생이 될 수는 없어도 아프지 않은 인생은 될 수 있기를 마지막으로 바라본다.

《홈in홈》마침

홈
in
홈

1판 1쇄 인쇄	2022년 10월 17일
1판 1쇄 발행	2022년 11월 1일

—

글	태수

—

펴낸이	김봉기
출판총괄	임형준
편집	안진숙, 김민정
교정교열	김민정
디자인	호우인
마케팅	선민영, 최은지

—

펴낸곳	FIKA[피카]
주소	서울시 서초구 서초대로 77길 55, 9층
전화	02-3476-6656
팩스	02-6203-0551
홈페이지	https://fikabook.io
이메일	book@fikabook.io
등록	2018년 7월 6일 (제2018-000216호)

—

ISBN	979-11-90299-70-1

KOMCA 승인필

피카 출판사는 독자 여러분의 아이디어와 원고 투고를 기다리고 있습니다.
책으로 펴내고 싶은 아이디어나 원고가 있으신 분은 이메일 book@fikabook.io로 보내주세요.